LE CHEVALIER

A. Z. CORDENONSI

O PÊNDULO DA MORTE

E OUTROS CONTOS A VAPOR

Editor: *Artur Vecchi*
Capa e projeto gráfico: *Coletivo Criaturas* | *Bruno Romão*
Revisão: *Ismael Chaves*

Dados Internacionais de catalogação na Publicação (CIP)
(Câmara Brasileira do Livro, SP, Brasil)

C 794

Cordenonsi, A. Z.
Le Chevalier e o pêndulo da morte : e outros contos a vapor / A. Z. Cordenonsi. – 2. ed. – Porto Alegre : Avec, 2024.

ISBN 978-85-5447-247-4
1. Contos brasileiros I. Título

CDD 869.93

Índice para catálogo sistemático:
1. Ficção : Literatura brasileira 869.93

1ª edição, 2024
Impresso no Brasil/ Printed in Brazil

AVEC Editora
Caixa Postal 7501
CEP 90430-970 – Porto Alegre – RS
contato@aveceditora.com.br
www.aveceditora.com.br
Twitter: @avec_editora

SUMÁRIO

1. ACROBATA

O Mal que Habita o Coração dos Homens

Paris, 1867

Era noite em Paris. A lua e seu olho ciclópico e âmbar iluminava as poças de águas paradas da chuva que caia intermitente, formando pequenas lagoas estagnadas. O vento frio e constante arrepiava entre as esquinas, empurrando para dentro dos prédios os poucos que haviam se arriscado a sair.

A taverna Grossé, perto do Entrepot, no canal St. Hilarie, sempre fora vibrante e animada, repleta de sons, música e pessoas conversando. Naquela noite chuvosa, porém, somente poucos frequentadores se reuniam junto às velas e mesas quadradas, acompanhados por alguns homens acinzentados que preferiam a solidão do balcão de tampo escuro e das garrafas de vinho. Um único garçom servia os clientes, com o olhar franzido de quem receberia poucas gorjetas ao final de uma longa noite de trabalho.

Mas aquela era uma quarta-feira e, como em toda quarta-feira, pelo menos um deles se dirigia à sala anexa à taverna Grossé. O senhorio oferecia vinho ou cerveja e um prato de ratatouille era servido para cada um dos presentes. Mesmo nas noites onde o vento, brisa, neve ou gelo arrefeciam os ânimos, um dos quatro estava lá, sentado em sua cadeira favorita, observando o fogo na lareira ou concentrado em algum volume. Um lustre pesado iluminava parcamente o ambiente; a decoração, uma mistura de poltronas velhas e confortáveis, quadros puídos e papel de parede descascado, agradecia a falta de luz.

Quatro cavalheiros de poses distintas, vestes adequadas, bolsos profundos e modos tranquilos. O estalajadeiro não poderia escolher melhores clientes.

A não ser pelo fato de que eram quatro facínoras.

Não havia crime, golpe ou artimanha que já não tivesse sido pensado, planejado ou executado pelos quatro homens. Roubo, assassinato, sequestro, desfalque, falsificação, chantagem... A lista seria longa demais para essas páginas.

Mas tudo isso permanecia fora da Grossé. Ali, eram apenas quatro frequentadores que bebiam, jantavam e, ocasionalmente, conversavam. Aindreas era um escocês alto e de feições rudes, com grandes mãos repletas de cicatrizes, tais como a de um marceneiro. O duro trabalho que moldara os nós dos seus dedos era fruto de brigas incontáveis, das quais, invariavelmente, saía-se vencedor. As cicatrizes em seu rosto serviam como prova. Assaltos e roubos eram o seu ganha-pão, mas sempre estava pronto para qualquer outro tipo de trabalho vil, desde que fosse remunerado. Nunca matava se não fosse estritamente necessário ou muito bem pago. Usava um casaco grosso de lã tão antigo quanto o pub que frequentava e bebia tanto quanto fosse possível. Ao seu lado, um drozde gato e manco de uma perna ressonava, tranquilo.

Seguidamente, recebia conselhos jocosos sobre as suas roupas de Dom Alejandro, um espanhol de bigodes límpidos e finos e trajes aristocráticos. Ele não era Dom coisa nenhuma, mas ninguém ali sabia o verdadeiro nome dos demais, então, Dom servia como um nome tão bom quanto qualquer outro. Especializado em chantagem e sequestros, acreditava que Aindreas ainda seria reconhecido por usar sempre as mesmas roupas, ou, no mínimo, arranjaria alguma doença tísica. O escocês respondia apenas com grunhidos aos modos afetados do outro, que passava boa parte da noite limpando ou polindo o drozde andorinha, que ele mandara folhear de chumbo dourado.

O terceiro membro dessa pequena agremiação incomum era um francês chamado Gabriel. Ele planejara e executara boa parte dos principais golpes aplicados em joalheiras, instituições financeiras e assaltos às grandes mansões de Paris. Gostava de planejar tudo nos mínimos detalhes, mas não se importava de sujar as mãos, se fosse necessário. Se um segurança, policial ou senhorio precisasse ser retirado da equação, ele não tinha problemas em resolver a questão, de forma rápida e silenciosa. Seu drozde raposa nunca saía de baixo dos seus pés, os pequenos olhos de latão observando a tudo com atenção.

Mas o homem que mais atraía a atenção era o que menos parecia interessado nisso. Ninguém sabia o seu nome ou de onde vinha. Usava sempre trajes negros longilíneos e uma espécie de máscara que lhe cobria a parte inferior da face, do nariz até a mandíbula, que só retirava para comer ou beber. Sua voz era desconhecida dos demais; talvez fosse mudo, talvez não. Sua comunicação se baseava, estritamente, em olhares ou gestos com as mãos. Para o desconforto dos demais, não possuía um drozde e sequer se aproximava dos animais mecânicos dos seus colegas. Só se sabia o nome pelo qual era conhecido e a sua especialidade.

Acrobata, o assassino.

A Cidade das Luzes.

A metrópole mais importante da Europa e do mundo era cheia de vida. Famílias se reuniam em cafés e faziam fila na frente de teatros e padarias. Jovens jornaleiros berravam seus anúncios nas esquinas, trazendo as notícias de todas as partes do mundo. Políticos e negociantes se reuniam em parques e bares para traçar os destinos da nação. A Locomotive pneumática do Ministro Verne impulsionava a capital para o próximo século, enquanto lanchas repletas de mercadorias atravessavam os canais de Paris, abastecendo uma cidade que consumia de tudo e do melhor.

Mas ele não pertencia mais a essa cidade, não de verdade. Os becos escuros desapareciam no brilho das luminárias e lampiões. Era um mundo que não permitia que as sombras se espalhassem como outrora. Era um mundo de coisas vivas e brilhantes.

Era por isso que ele estava ali? Atrás do pouco que restava das sombras na cidade? Aquele salão na penumbra, secreto e silencioso?

Para reconfortar-se com outros como ele?

Mas ninguém era como ele.

Ele não poderia sobreviver na luz.

A porta se abriu lentamente, atraindo a atenção dos três homens que estavam na sala, a penumbra do salão e as luzes trêmulas do fogo que crepitava na lareira recortando as faces dos presentes. Dom, Gabriel e Aindreas se viraram ao mesmo tempo. Recortado apenas pela luz que vinha do amplo salão, a indisfarçável silhueta do Acrobata se distinguia sob a soleira da porta. Dom ergueu a sobrancelha por um momento, tomando um gole de sua taça de vinho enquanto se virava para Gabriel, que deixou o talher que trazia parte do refogado à boca parado por um momento, antes de largá-lo ao lado do prato. Sentado de frente para a lareira, Aindreas resmungou apenas alguma coisa antes de esvaziar a caneca de cerveja.

— Boas-noites, Acrobata — disse Gabriel, limpando os lábios com um lenço de linho alvo como a lua. — Se aproxime para esquentar os ossos nessa noite fria.

O Acrobata permaneceu embaixo da soleira por um longo momento. Ele segurava um saco ao lado do corpo, do qual pendia gotas gordas que formavam uma pequena poça junto aos seus pés molhados. A chuva lá fora continuava intensa e seus cabelos negros brilhavam na luz das lamparinas.

Dom largou a sua taça de vinho em cima da mesa e recolheu as mãos para dentro dos bolsos do casaco, num movimento lento e calculado. Gabriel lhe lançou um sinal de aviso quase imperceptível e Dom relaxou, soltando a respiração.

Então, o Acrobata se moveu. Seus movimentos eram leves como os de um gato. Na verdade, se não fossem os respingos da sacola pesada, não se ouviria som algum enquanto ele entrava na sala, circundando as poltronas até se aproximar da lareira e do quadro da menininha de vestido rosa, uma pintura antiga e desbotada e que parecia estranhamente deslocada naquele salão. Ele largou o saco negro em cima de um aparador, então o levou para uma cadeira mais perto da lareira e, por fim, decidiu manter o embrulho junto aos seus pés. Sua respiração, oculta pela máscara, só foi ouvida quando ele se abaixou levemente, de costas para os demais, e retirou as luvas para esquentar os dedos junto às chamas.

Aindreas apertou o copo de cerveja com a grande mão ossuda e se levantou de um bate-pronto, se afastando da figura agachada, que lhe dera as costas, e indo até a mesa com os passos duros, onde voltou a encher o caneco com a cerveja dourada que escorria de um jarro deixado pelo estalajadeiro.

— Noite horrível aí fora. Não é uma noite para homens estarem circulando — disse Gabriel, ignorando o prato que esfriava à sua frente.

O Acrobata olhou para a lareira por um longo momento.

Homem? Ele não era mais o homem que fora. Talvez nem fosse mais um homem, de fato. Não depois do que fizera, do que lhe pagaram para fazer, do que refestelara-se ao fazer.

Era outra coisa.

Talvez um fantasma em forma humana.

Nunca mais um homem novamente.

O Acrobata se virou para o seu interlocutor. Os seus olhos cruzaram-se e ele os manteve assim até que Gabriel pigarreasse e virasse o rosto, subitamente consciente de que estivera jantando nos últimos momentos. Ele começou a se servir de uma nova colherada, sem muita convicção.

O Acrobata se levantou e deu um passo em direção à mesa, consciente de que todos o observavam. Parou por um momento, subitamente lembrando-se da sacola, e voltou para pegá-la. O gotejar úmido seguiu todos esses movimentos até que voltasse para a mesa, sentando-se no meio. Gabriel estava ao seu lado direito e Dom continuava em sua poltrona, perto da cabeceira da mesa. A sacola, da qual Gabriel não tirava o olho, foi depositada novamente junto aos seus pés.

— Quer fumar, velho amigo? — perguntou Gabriel, puxando uma carteira de dentro dos bolsos.

Amigo? O que isso poderia querer dizer? É possível ter como amigo alguém que perdeu a própria humanidade? Ela fora-lhe arrancada e, por muito tempo, tentara agarrá-la de volta. Por isso vinha até ali, todas as quartas? Para tentar se prender a uma vaga lembrança de sua humanidade? Para tentar ver o que fazia dos outros, humanos? Queria compreendê-los para compreender a si mesmo?

Ou ainda havia algo que não estava morto, de fato?

O Acrobata ignorou o oferecimento com um gesto vago e acabou voltando até o aparador junto à lareira, abrindo o pote de cerâmica que sempre estivera ali, examinando rapidamente o seu conteúdo antes de voltar a fechá-lo. O fumo do cachimbo nunca fora de seu agrado, de fato. Então, abriu lentamente o casaco de couro negro e retirou de lá um charuto que fora embrulhado em um papel dourado com um G estampado em verde.

— Charutos Guinevere — disse Dom, virando-se rapidamente para Gabriel. — Muito finos. Muito caros.

O Acrobata simplesmente observou Dom, enquanto usava uma das suas várias lâminas para retirar a ponta do cigarro, lançando o coto nas chamas.

— Conheço um sujeito que adora esses charutos — continuou Dom, com a respiração curta. — Chance, das Docas. Mas ele nunca dá um dos seus para ninguém. Nunca. É muito egoísta.

Egoísmo era um sentimento humano. Era necessário ter um coração para ser egoísta, para poder amar algo acima dos outros. Mesmo detur-

pado, o egoísmo fazia parte da humanidade. Ele não possuía mais isso. Era necessário ter um coração.

Em outro tempo, talvez.

Agora, havia apenas um pedaço de alcatrão negro e duro em seu peito.

O Acrobata se abaixou perto da lareira e, com as mãos nuas, pegou um pedaço de lenha cuja ponta estava em chamas, levando--a até o charuto e acendendo-o com uma larga baforada. Então, puxou lentamente as placas de metal, que foram arrastadas até fechar a entrada da lareira, lançando boa parte da sala na escuridão. Se algum dos outros imaginou protestar sobre o assunto, resolveu guardar o caso somente para si.

Dom se virou para Gabriel e seu olhar traduzia o desespero em seu coração. A noite seguia, com os ponteiros comendo as horas, o coração palpitando a cada badalada.

— Tem visto Chance? — insistiu Gabriel.

O Acrobata deu uma longa baforada antes de virar-se para Gabriel. Seu olhar recaiu sobre a pesada sacola que estava junto à mesa antes de voltar-se novamente para o sujeito, fazendo um sinal com a mão junto ao peito.

— Sim, ele é meu amigo — disse Gabriel, compreendendo. — Eu estive com ele em um trabalho em Calais.

— Foi onde ele perdeu a perna? — perguntou Aindreas.

— Sim. E nunca vou me esquecer daquele dia.

O Acrobata permaneceu fumando enquanto Gabriel recostava--se contra a cadeira.

— Tudo aconteceu há uns sete anos, quando a Sûreté começou uma série de batidas em Paris. Me mudei para o litoral até que a poeira baixasse e foi lá que conheci Chance. Ele era um ex-marinheiro que caíra em desgraça após ser preso por usar o porão do lastro dos navios da marinha real para contrabandear ópio da Ásia. Naquela época, ele tinha acabado de ser solto há uns três meses e vivia de bicos, aqui e ali, exibindo como única garantia de procedência uma medalha que havia recebido em comemoração à sua participação na Expedição Chinesa de 1860.

Gabriel parou por um momento para encher a sua taça de vinho. Ele molhou a garganta antes de continuar.

— Certa noite, depois de já ter travado algumas conversas prévias com o homem, o encontrei menos bêbado do que o costume e dividimos um balde de ostras em um bar vagabundo a beira do cais. Foi quando deixei a sugestão de que estava precisando de um homem para um trabalhinho.

— Que tipo de serviço? — quis saber Aindreas.

— Já chego lá — prometeu Gabriel, virando-se para o escocês. — Chance me escutou com atenção e firmamos o pacto ali mesmo, discutindo a partilha do butim. O plano era simples, na verdade: cargas de vinho fino estavam sendo enviadas para as colônias partindo do porto todas as segundas-feiras, junto com o ouro para o pagamento das tropas e funcionários públicos. Por causa do dinheiro, o trem que vinha de Paris era fortemente guardado.

Ele voltou a remexer no ensopado frio, mas logo desistiu da ideia, abandonando a colher.

— Eu percebi que, ao alcançar a praia, os soldados permaneciam junto ao cofre e ignoravam o resto da carga que, na maior parte, consistia apenas de correio diplomático.

Ele bebeu o resto do vinho e deu de ombros.

— Eu estava de férias, por assim dizer, e um golpe de duas centenas de garrafas da melhor qualidade seria o suficiente para me manter em Calais por mais alguns meses. Rabisquei na mesa o mapa das docas e mostrei o que precisava ser feito. Chance concordou prontamente e quatro dias depois, executamos o plano.

Gabriel os observou por um momento e continuou.

— As docas eram largas e havia uma movimentação incomum sempre que os soldados chegavam com a carga semanal. No entanto, como já disse, eles centravam-se na proteção do grande cofre, o que não era uma ideia ruim, de fato. Os marinheiros aproveitavam a soldadesca para ganhar alguns tostões, oferecendo jogos, mulheres ou fumo barato. Era possível ouvir de longe a algazarra quando nos aproximamos do navio pela baía, remando em silêncio em um bote que havia alugado alguns dias antes.

Ele voltou a encher a taça de vinho, largando a garrafa em cima da mesa.

— O plano era escalar o navio, pôr a ferros os dois únicos guardas que eram mantidos ali dentro e descarregar os engradados de vinho pela amurada. O cofre, como era de praxe, permanecia em solo até o último momento, rodeado pelos soldados.

— Escalar o costado da embarcação foi fácil, assim como dominar os dois soldados. Eram sempre os mais novos e inexperientes que eram colocados no navio, pois eles não participavam da farra dos mais velhos. Dominamos a dupla rapidamente e os deixamos amarrados junto à carga. Então, descarregamos doze engradados, que era o que a nossa embarcação podia carregar, e remamos para longe do navio.

— Um golpe bom — resmungou Dom. — Então, o que diabos deu errado?

— Não estávamos roubando a marinha — disse Gabriel, com ar soturno. Ele esvaziou a taça de vinho para molhar a garganta ressecada. Brincando com a colher, continuou. — Remamos até uma praia distante uns doze quilômetros ao sul e descarregamos os engradados em uma pequena caverna. Então, resolvemos abrir uma das garrafas para comemorar. Mas o líquido mal encheu um copo. Era uma garrafa falsa, com um recipiente interno moldado no vidro. Ópio refinado, da melhor qualidade.

— Quem?

— Nunca soubemos, de fato — disse Gabriel, baixando os olhos. — Não havia nada a ser entregue para os comerciantes da região e, então, precisei avisá-los de que o acordo fora suspenso. Deixei Chance cuidando da carga e fui cuidar de desfazer o trato, enquanto pensava no que fazer. Não tinha os contatos para me livrar daquele produto e Chance já estava fora do mercado há um bom tempo.

Ele fez um floreio com a mão esquerda, fechando o punho e o colocando em cima da mesa. O seu drozde raposa se remexeu aos seus pés.

— Quando voltei, dois dias depois, encontrei Chance em uma poça de sangue. A carga havia sumido. Ele lutara contra o invasor, mas tudo o que conseguira fora a perda da medalha e um ferimento profundo na perna, que gangrenara por causa da maresia e do longo tempo sem cuidados. Levei-o até um médico em Calais, mas não havia nada a ser feito. A perna foi amputada e esse foi o fim da nossa pequena e malfadada aventura no litoral.

O silêncio ao fim da história durou apenas alguns segundos. Dom ergueu uma sobrancelha quanto notou o Acrobata se aproximar. O assassino remexeu nos bolsos e retirou de lá uma pequena peça de prata arredondada, com uma fita amarela de seda tecida em caracteres chineses azuis. Ele a depositou em cima da mesa com cuidado.

Gabriel observou a medalha por um longo momento. Ele chegou a erguer a mão para tocá-la, mas desistiu do ato ao notar o olhar do Acrobata.

— Foi você, então — ele disse. — Estava a serviço do traficante?

O Acrobata fez um aceno positivo com a cabeça.

Ele estendeu os dedos da mão sobre a mesa, batucando-os contra a madeira lisa.

— Isso foi há muito tempo — disse Gabriel, seu corpo sentindo um arrepio febril. — E estávamos todos, apenas, fazendo o nosso trabalho.

Aindreas resmungou do outro lado.

— Não há porque perdermos tempo com recriminações de qualquer natureza — ele continuou, em um tom de voz de quem parecia fazer força para acreditar no que estava dizendo.

O Acrobata faz um aceno com a cabeça, como se concordasse.

— Que bom que concorda — disse Gabriel, aliviado. — É para isso que temos o nosso pequeno grupo, não é mesmo? Para descansar dessa vida.

Vida? O que seria vida? Acordar, comer, trabalhar? Se vida fosse isso, ele ainda estava vivo. Mas seria o suficiente? Escravos viviam, de fato? Talvez eles tivessem a esperança, a vil esperança, de escapar e ser livre. Isso talvez alimentasse pensamentos melhores, agradáveis. Quem não espera nada, pode, realmente, dizer que está vivo?

Alterar a vida dos outros seria o suficiente para dizer-se vivo? Tirar uma vida seria o suficiente? Ele estaria tão vivo quanto uma carruagem descontrolada ou uma rocha que despenca de uma montanha até atingir um alpinista?

— Vinganças inúteis tornam tudo mais complicado — acrescentou Gabriel.

Aindreas levantou-se da poltrona e foi até a mesa. Ele serviu mais uma vez a sua grande caneca com cerveja e virou-se para o Acrobata. Então, limpou o nariz com um lenço sujo e arrotou.

— Uma vez, conheci um sujeito que perdeu-se pela vingança.

Gabriel e Dom observavam Aindreas com atenção, enquanto o Acrobata apenas o encarava em silêncio. O drozde gato do escocês saltou na mesa, permanecendo ao lado da jarra de cerveja. Seus olhos negros e sem vida pareciam brilhar na penumbra.

— O meu amigo era um sujeito sério, que puxava carteiras para os lados de Montmartre. Nunca tirava de quem não tinha nada e nunca machucava ninguém que não pedisse por isso, entende?

O Acrobata não mexeu um único músculo, apenas encarando-o com seus olhos estreitos.

Aindreas fungou o nariz novamente.

— Mas ele tinha um parceiro que era descuidado. Boone, o boba lhão, como a gente o chamava. Ele não conseguia puxar as carteiras da forma certa e, seguidamente, era perseguido pela polícia. E o meu amigo precisava ajudá-lo a livrar-se dos *porcos*.

O escocês balançou a cabeça e passou a mão no cocuruto do seu gato mecânico, que se remexeu, agradecido.

— Uma vez, ele perdeu a paciência e reclamou do amigo, mas acabou *insultado*.

A palavra saiu com um gosto ácido e amargo. Aindreas coçou por um momento as costas da mão contra o queixo repleto de cicatrizes.

— Ora, não se pode esquecer um insulto, não é mesmo? — disse ele, num rosnado. — O sujeito não proferiu uma única ameaça, pois não era essa a sua natureza. Mas começou a maquinar e, então, a planejar, e, finalmente, a agir.

Ele tomou o resto da cerveja num gole só e limpou os lábios com o punho do casaco.

— Um dia, os dois estavam trabalhando perto do canal Royale. Boone, como de costume, saiu na frente e tentou afanar uma carteira de um maldito médico que estava passeando pelas redondezas. E, como sempre, fez o trabalho de forma desajeitada e o médico sentiu a mão em seus bolsos. Boone tentou fugir, mas o desgraçado foi mais rápido e segurou o seu braço.

Com um safanão, Aindreas agarrou uma das cadeiras, como que para provar o seu ponto.

— Boone não era um homem fraco, mas o tal médico era um açougueiro, entende?

— Um cirurgião? — perguntou Dom.

— Foi o que eu disse, não foi? — resmungou Aindreas. — Um maldito açougueiro, de braços fortes e dedos grossos. Ele o agarrou como um torniquete, Há!, assim! — disse, segurando o braço de Dom até que ele fizesse uma careta.

— E a polícia chegou, não é? Os malditos *porcos* — rosnou, cuspindo no chão. — E eles estavam atrás do Boone há um bom tempo e espancaram ele, como é seu costume, não é? Espancaram bastante, até cansarem. Exatamente como o meu amigo pedira para eles fazerem.

— O seu amigo avisou os policiais? — perguntou Gabriel, espantado.

— E o médico também! Era um amigo dele, o pilantra. Já costurou metade dos bandidos da Guilda. Forte como um touro.

— Essa foi a vingança do seu amigo? — perguntou Dom.

— Sim, diabos! Eles bateram tanto no Boone que o sujeito perdeu o juízo. Tá internado lá no tal hospital de alienados.

Aindreas resmungou alguma coisa baixa demais para ser ouvida e, então, acrescentou.

— Mas esse é o problema de uma vingança, não é? Uma semana depois, só pescamos o corpo do meu amigo de dentro do Sena. Degolado.

O Acrobata terminou de ouvir a história e puxou um dos papeis que sempre estavam em cima da mesa. Então, com a pena, traçou alguns rabiscos e entregou para Aindreas, que recebeu o bilhete com uma expressão de assombro.

— Era ele mesmo! Como sabia? Ele morreu há dois anos e...

O Acrobata apenas o observou.

— Foi *você*?

Não havia necessidade de resposta para isso.

— Foi a família do Boone, não foi? Foram eles que o contrataram?

O Acrobata colocou a mão nos bolsos, o que fez Aindreas saltar com a adaga em punho. Mas o assassino apenas puxou dois florins de ouro, esfregando-os um contra o outro, depositando-os do lado da medalhinha, em cima da mesa.

— Foi um contrato — disse Gabriel, compreendendo. — Não questionamos contratos aqui dentro, Aindreas.

— Mas ele matou Paul! — protestou Aindreas. — Ele era meu amigo.

— Seu amigo quase matou alguém e a família da vítima contratou alguém para a vingança. Nada mais simples. Não nos metemos em assuntos familiares — repetiu Gabriel.

O Acrobata encarou Aindreas por um longo momento. Havia um vermelho perigoso nos olhos do escocês, como ele já imaginava. Aquela noite começara com sangue e iria terminar da mesma maneira.

— Família... Família sempre é difícil — resmungou Dom.

Foi a vez de Gabriel se virar para Dom e erguer uma sobrancelha. Dom era, assim como os demais, normalmente reservado sobre as próprias origens. Poderia jurar que nunca o vira mencionando a palavra *família* antes.

— Eu tinha uma vida privilegiada na Espanha — começou ele, pescando uma pequena faquinha de dentro dos bolsos e rabiscando no tampo da mesa. — Minha vida era comum, por assim dizer. Meu pai plantava uvas. Tinha uma grande extensão de terras em Rioja, perto de Muro en Cameros. Havia quase duzentos empregados a seu serviço.

Ele olhou tristemente para a garrafa de vinho quase vazia.

— Quando cresci um pouco, fui nomeado seu auxiliar de ordens. Fazia a conferência dos cachos, organizava as chegadas e partidas e, todo mês, providenciava o ordenado aos *trabajadores*. Foi ali, na mesa de pagamento, na frente da soleira da porta da casa do meu pai, que a vi pela primeira vez.

Seus olhos brilharam na luz das pequenas velas acesas em cima da mesa.

— Era uma formosura que não havia igual num raio de trezentas milhas — disse ele. — A pela acobreada, mourisca, contrastava com as vestes sempre alvas que usava, além de um longo lenço vermelho que trazia junto ao pescoço. Seu nome era Anya e a sua voz poderia fazer calar o santo Padre.

— Perdi completamente a razão — continuou Dom, cravando a pequena adaga no tampo. — Não mais comia, bebia ou me detinha em meus afazeres. Tudo no que pensava, dia após dia, era em quando eu a encontraria novamente. Passei a frequentar os vinhedos diariamente para tentar vê-la. Às vezes, inventava desculpas para inspecionar os locais onde sabia que ela estava trabalhando. Minha aproximação, obviamente, não passou desapercebida. Os mexericos logo chegaram aos ouvidos do meu pai, que me prometeu a maior das surras se não voltasse a me comportar como o cavalheiro que ele supunha ter criado. Estava destinado a coisas melhores, ele dizia.

Dom abriu um sorriso amargo.

— Nem isso, nem as ameaças de deserdo frearam a minha paixão. Continuei cercando-a de todas as formas até que, um dia, criei coragem e disse a ela tudo que sentia. Prometi-lhe meu coração e minha eterna lealdade.

Ele baixou os olhos.

— Mas só recebi descaso. Ela fora prometida a um jovem da aldeia e pretendia se casar em dois meses. Exigi saber quem era o meu concorrente, mas ela não proferiu palavra alguma. Prometi-lhe uma vida glamourosa, mesmo sabendo que seria deserdado caso prosseguisse nessa linha de ação, mas ela, sabendo ou não das ameaças do meu pai, apenas riu da minha paixão.

Dom se levantou, colocando as duas mãos cerradas contra o tampo.

— Esbofeteei-a. Acertei-lhe uma, duas, três vezes, até arrancar de seus lábios partidos o nome do meu rival. Parti até a vila com a raiva dos injustos e o demônio sussurrando em minha alma, e avancei porta adentro da bodega onde ele estava. Na frente de todos, descarreguei minha garrucha, abrindo dois buracos em seu peito, às gargalhadas.

Gabriel piscou os olhos, aturdido. Nunca imaginara tamanho ato de selvageria do espanhol. O tinha como uma patife de boas maneiras e arguto, e não um selvagem. Poderia imaginar um assassinato dessa natureza vindo de Aindreas, mas nunca de Dom.

— Meu pai era rico e influente e o caso foi acobertado como uma questão de honra — continuou Dom, apertando os dentes. — O delegado ficou sabendo, apenas, que o tal incauto tentara tomar liberdades com a minha irmã mais nova e, dessa forma, precisava ser punido. A história, mesmo sem substância alguma, foi aceita pelo juiz, às custas de muito ouro. Fiquei uma semana na cadeia até que tudo fosse decidido e o dinheiro trocasse de mãos. Fui bem tratado, claro, comendo a comida que era trazida diretamente da *hacienda* até a minha cela. Não que tivesse fome ou sede, pois sabia o mal que fizera; a loucura que me tomara desapareceu, pouco a pouco, me deixando apenas a culpa.

Ele voltou a sentar-se com um grande baque.

— Quando fui liberto, apenas o capataz me esperava. Cabisbaixo, trotei ao seu lado até a sede da *hacienda*, onde o meu pai esperava-se em seu escritório. Imaginava que receberia a maior das broncas, mas fui bem recebido. Não sabia dizer se ele estava assustado ao ver até onde a minha loucura me levara ou se estava com medo. De qualquer forma, ele me informou que tudo já havia sido arrumado e que eu deveria descansar pelas próximas semanas até ter condições de retornar ao meu trabalho.

— Perguntei sobre Anya e foi a única vez que ele perdeu a paciência. Me dispensou de forma ríspida, dizendo que não devia se preocupar com isso, que tudo já fora arrumado. É claro que essa resposta evasiva aguçou a minha curiosidade e, dois dias depois, fiquei sabendo o que acontecera. A casa onde ela vivia com a família pegou fogo. Ela, os pais e os dois irmãos menores pereceram. Não houve sobreviventes.

Ele abriu um sorriso maníaco.

— Eu sabia que tinha sido meu pai. Fui até ele e o confrontei. Ele jurou inocência, mas vi em seus olhos que estava mentindo. As coisas fugiram ao controle e eu saltei em sua direção, somente para ser recebido por uma arma em meu peito, que ele mantivera escondida dentro da gaveta da sua mesa. Ele não pensou duas vezes em puxar o gatilho.

Os quatro homens permaneceram em silêncio. O murmúrio de vozes que vinha do salão principal diminuíra com o passar da noite, com a chuva espantando os últimos fregueses. Não levaria muito tempo para que o estalajadeiro viesse enxotá-los.

— A arma falhou? — perguntou Gabriel, depois de um tempo.

— Não — disse Dom, com um sorriso engasgado. — Não havia balas. Ele me olhou com espanto quando o clique caiu no vazio e pareceu duas vezes mais espantado quando cravei a minha lâmina em sua jugular. Parti logo após e, desde então, tenho vivido aqui.

Aindreas estava olhando para a janela enquanto Dom soltava o fôlego que parecia preso em sua garganta. Os dois só se voltaram para a mesa quando o Acrobata se mexeu. Com cuidado, ele abriu o botão de um dos bolsos do colete e, dali, retirou duas pequenas balas de chumbo, depositando-as do lado dos dois francos de ouro.

— *Você?* — disse Dom, em um tom acusatório. — Você retirou as balas? Por quê?

O Acrobata olhou para a pintura da menininha em vestido rosa, quase apagada na escuridão que se espalhava perto da lareira.

— Você colocou fogo na casa... — disse Dom, compreendendo. — Mas você não sabia que havia crianças na casa, não? Meu pai não lhe deu todos os detalhes.

Com a cabeça baixa, o Acrobata balançou a cabeça, sem se virar.

— Você preparou a armadilha para ele — rosnou Dom, se levantando. — Para mim! Por que não o matou com as próprias mãos? Por que deixou que eu fizesse o seu serviço sujo? Por que permitiu que eu fosse maculado com o ato de ter matado o meu próprio pai?

O mal.

Onde habitava o mal no coração dos homens? O mal não nascera em Dom Alejandro quando matara o próprio pai, ou mesmo quando matara o noivo. O mal nascera da paixão. Do amor não correspondido, que destruíra o dique da frágil sanidade da humanidade.

O amor fora a destruição de Dom Alejandro.

Assim como fora a sua.

Pois não há ira sem amor. Não há ódio sem paixão, nem morte sem vida.

O mal está encravado na raiz do homem.

Ele os encarou. Sabia o que viria a seguir. Havia somente uma emoção que toda a humanidade entendia. Ela estava lá, na aurora do tempo e estaria aqui quando o último humano da Terra fechasse os olhos pela última vez.

O medo.

O medo carregava os homens na esteira do ódio e da ira. O medo precedia à destruição.

Gabriel lançou um olhar penetrante à mesa, onde estavam depositados a medalha, os dois florins e as balas.

— Você não deveria ter vindo aqui — disse, afinal, afastando a cadeira e sacando a pistola.

O ato foi seguido pelos outros dois, que também recuaram, deixando apenas o Acrobata junto a mesa, no centro do salão.

Talvez fosse verdade. Ele não precisava ter vindo. Poderia agarrá-los, um a um, nos dias e semanas seguintes. De uma forma ou de outra, eles sabiam disso. Por isso estavam ali, reunidos. Para reconfortar-se e proteger-se mutuamente. Tal como no início dos tempos, quando as primeiras tribos se reuniam ao redor do fogo, em busca de proteção contra animais selvagens e outras tribos.

Um homem nunca se lançaria na toca dos lobos por causa do medo.

Mas só tem medo quem tem algo a perder.

Ele não conseguia se lembrar mais daquela manhã. Estava lá, escondida nos recônditos da sua memória, mas apenas como uma semente negra. A manhã em que retornara do exterior. A última manhã do soldado Sinclair Moulin.

Ele sempre sentira prazer no que fazia. Emoções cáusticas que alimentavam a sua alma. Não mais, agora. Antes, ele se divertia, não era mesmo? Refestelava na carne dos inimigos. Matava a mando da sua majestade, o Imperador da França. Coreia. México. Prússia. Canadá. Tunísia. França. Antártica...

Trocara apenas de patrão. Era o governo que lhe mandara matar no passado. Agora, eram outros. Mas o ato, em si, não mudara. Morte.

Mas naquela manhã tudo se transformara. E, às vezes, ele retornava ao lugar da dor. Daquela manhã. A dor retorna, pois não pode ficar enterrada para sempre. Sofrimento. Por um instante, se lembrou do homem que desaparecera naquele dia. Sinclair. Enterrado na chuva oleada que caia. A esposa, morta. O corpo do filho em seus braços, o drozde destruído ao seu lado. O americano de tocaia. O alarme do seu suricato mecânico, antes de ser empalado pela lâmina do assassino. A luta. A morte. O grito, a última vez em que ouvira a própria voz.

Pela última vez, sentira pânico e suas mãos tremeram. Ao longe, drozdes piaram, guincharam e se encolheram, suas penas de metal agitadas e as microengrenagens girando no vazio. Sombras esconderam o resto do sol matutino e ele urrou pelo nome do seu filho.

A humanidade lhe roubara tudo.

E ele declarara guerra.

A morte em vida.

Mas as recordações desapareciam rapidamente, deixando apenas um vazio que permanecia eternamente, zombando dele.

Era necessário esquecer. Sobreviver.

Por quê?

Os três homens se afastaram, um passo de cada vez, as armas engatilhadas. Os drozdes acompanharam seus amos, se escondendo, assustados. A andorinha dourada voou até perto da lareira, piando.

O que lhes diria, se ainda tivesse uma voz? Estaria, realmente, curioso sobre o motivo da traição? Importaria, agora? Algo ainda importava? Não era da natureza dos homens tais atos? Por dinheiro, cobiça, honra, luxúria ou medo, traiam os homens uns aos outros. O segredo era não estar no lado errado da conspiração.

Ou virá-la ao seu favor.

Eles fediam. Não a suor ou sujeira.

Fediam a medo.

Ele abriu a sacola, deixando deslizar para fora meia dúzia de drozdes destruídos. Os corpos dos seus donos jaziam no Sena, agora. Assassinos contratados por assassinos.

O tempo pareceu se cristalizar e pendeu suspenso enquanto o terror dos três homens se esgarçava em seus rostos. As suas máscaras, usadas durante a noite inteira, caiam estilhaçadas no chão.

— Podemos chegar a um acordo, Acrobata — disse Gabriel, com a mão trêmula. — Não foi nada pessoal, entende? Um contrato, apenas. O Conde Dempewolf, você se lembra? Ele ordenou o assassinato do Chevalier da França e você fracassou. É ele quem você quer. Ele nos contratou.

E vocês aceitaram o contrato, pois era a oportunidade perfeita para se livrar de mim. Nunca duvidara disso, nem por um momento. Sabia que acabaria traído por eles. Não poderia culpá-los, de fato. Eram todos monstros, mas ele pertencia a uma categoria à parte. Um homem sem emoções não poderia ser comprado ou persuadido.

Se pudesse, sorriria. Encarou Gabriel e suas palavras vazias. Como quaisquer palavras ditas por homens e seus drozdes reluzentes, elas nada significavam para ele. Seriam verdade? Seria o Conde o mandante?

Não saberia dizer. Ou talvez, sempre soubesse. Mas a resposta já não importava mais. Viver em uma eterna mentira era mais fácil do que encarar a realidade. Em algum momento, chegaria a sua vez.

Mas não agora.

A lâmina escapou da mão do Acrobata um segundo depois e a direção pegou a todos de surpresa, como já imaginava. Quando o cabo acertou o interruptor, o salão mergulhou nas trevas.

Ele as abraçou por um momento. Uma velha companheira. Ele pertencia à noite e as coisas que rastejavam nos becos e túneis. Pertencia à solidão das trevas eternas.

O salto foi realizado com a precisão que lhe era característica. Não houve um único ruído enquanto ele se agarrava ao lustre. Das trevas, apenas o lampejo das armas que disparavam sem parar. Os gritos e a morte.

Um último fôlego. Um pedido de ajuda, ecoando no vazio por um longo minuto antes de desaparecer.

No chão, novamente. O lustre aguentara, como imaginava. Já havia pensado nisso há muito tempo, mesmo sem saber o motivo. Talvez algum canto racional da sua mente lhe dissera que esse era o único desfecho possível para quatro degenerados. Não há perdão ou redenção para homens como eles.

Ele abriu a porta de ferro da lareira, iluminando o salão com as chamas diminutas. Aindreas ainda vivia. Ele encarou o escocês enquanto a sua vida se esvaía com o sangue que borbulhava dos três furos no peito. O que havia ali, em seus olhos? Irritação, com certeza. Frustração e ódio.

Medo? Não. O escocês não teria medo. Apenas ódio por ter sido enganado. Uma emoção humana. Humana demais para ele.

Quando o seu coração bateu pela última vez, somente o Acrobata restava em pé, com os três drozdes piando e miando descompassadamente. Os ignorou, dessa vez. Um último resquício de humanidade ou apenas uma deferência aos que foram seus companheiros nos últimos anos?

Não sabia.

Uma pessoa real sentiria alívio ao saber que tudo havia acabado. Mas isso era apenas para os vivos. Entre os mortos, não há conforto, apenas o cansaço. Cansaço em dar o próximo passo. Do próximo trabalho. Da próxima morte. No final, só sobrava o cansaço e o mal.

Um dia, aquilo tudo voltaria de uma vez só e ele partiria. Nos seus termos, pois era apenas isso o que lhe restava.

Um dia, ele se livraria do mal e teria paz.

Ele abriu a porta e deixou o salão.

Mas não hoje.

2. ALEXANDRA

O Castelo do Ninho das Águias

Em algum lugar da Prússia, 1862

O barulho surdo das máquinas fora o seu único companheiro nas últimas vinte e quatro horas. No reduzido submergível não havia espaço sobrando e Alexandra Mitrokhin permaneceu deitada no seu divã durante todo o trajeto.

O Capitão Frederick, um experimentado marinheiro da Real Armada Russa, manipulava os controles com a habilidade adquirida nas décadas a serviço do Tsar. Ele parecia tão à vontade na poltrona do piloto quanto um albatroz voando. No entanto, conduzia o aparelho em águas inimigas, muito além das fronteiras do Império. O silêncio absoluto necessário para ultrapassarem ilesos por entre os vários postos de controle marítimos impedia qualquer tipo de conversa. Não que se importasse. Preferia passar o tempo monitorando o leito do rio e lendo Dostoiévski.

Alexandra colocara seu drozde lince em um modo de baixa autonomia, providência copiada pelo Capitão, que possuía uma arara de aspecto antigo e enferrujado. Os animais mecânicos permaneciam semiadormecidos na escuridão do submergível, esperando pacientemente.

A única mudança no comportamento do Capitão surgira um pouco após a luz vermelha se acender, indicando a aproximação da embarcação ao seu destino. Alexandra deixou o divã duro, soltou os longos cabelos louros e esticou os músculos, torcendo o pescoço, encontrando o olhar do Capitão observando-a. Sua fisionomia poderia traduzir pena ou preocupação. Ou talvez, nenhum dos dois. Era difícil ler aqueles velhos lobos do mar, a pele curtida pelo sol e o sal marítimo.

Ela contraiu os dedos e calçou as luvas. Então, pegou sua mochila, coçou a cabeça de metal do lince anão e seguiu até a escotilha. Na passagem, consultou o relógio.

— Ty opozdal[1] — disse ela.

Não havia recriminação na sua voz, apenas uma constatação do fato e foi assim que o Capitão considerou, pois apenas deu de ombros.

A luz verde acenderia em pouco tempo e ela teria menos que trinta segundos para saltar daquela fuselagem gelada antes que o submergível afundasse outra vez.

Um sinal amarelo piscou por duas vezes antes da luz verde acender.

— Udac![2] — disse o Capitão, falando pela primeira e última vez.

— Spasibo[3] — respondeu Alexandra, um tanto quanto surpresa.

Não esperava nenhum tipo de manifestação do seu companheiro de viagem. Ele era um agente experimentado, assim como ela.

---

1 Está atrasado.

2 Boa sorte.

3 Obrigada.

Em uma missão de resgate, os regulamentos recomendavam o mínimo possível de interação social. O objetivo era a única coisa que importava.

E ela era uma boa agente.

“Não” — rosnou para si mesma. “Boa, não. A melhor. Sempre a melhor!”.

O barulho da água escorrendo pelo metal alcançou seus ouvidos enquanto ela subia pela escada aferroada na carcaça de ferro. Alexandra abriu a escotilha, girando a manivela até um surdo clangoroso irromper em seus tímpanos. Mesmo ainda sentindo os músculos enrijecidos pela longa inatividade, ela conseguiu erguer-se para o lado de fora e saltar até a margem. Sua bota escorregou por um momento, mas, com um gesto dos braços, ela conseguiu se equilibrar junto ao paredão de rocha negra que subia inclemente até uma centena de metros acima.

Ela se virou por um momento para o Rio Elba, mas não havia mais sinal do submergível. Até o fim da sua missão, estaria sozinha.

O lince enroscou-se em suas pernas por um segundo, arrancando-lhe um sorriso breve no rosto que já estava repleto de cerdas de gelo.

Sem perder tempo, ela prendeu o drozde em sua mochila e calçou as luvas térmicas, se preparando para escalar. O Schloss Kehlsteinhaus — Castelo do Ninho das Águias — era uma das fortificações mais peculiares da Prússia. Construído no alto de um penhasco junto ao rio, o Castelo só era alcançado por um bonde aéreo, cuja base, no monte Adler, Alexandra precisava alcançar na próxima meia-hora antes que perdesse o último vagão da noite.

Era impossível ver qualquer coisa do Castelo naquelas condições climáticas, mas Alexandra recebera um relatório completo. Nas últimas vinte e quatro horas, ela estudara profundamente as photoimagens ferromagnéticas. Decorara a localização de cada bastião, das três torres principais e das diversas construções de mármore branco. No entanto, enquanto subia, ela mal conseguia vislumbrar uma ou outra luz que escapava de alguma janela sem cortinas.

Lar da família von Richthofen há pelo menos dois séculos, o Castelo se tornara parte da burocracia militar prussiana desde que o Major Klaus von Richthofen abraçara a causa de Bismarck em favor da Grande Alemanha, o utópico estado soberano e unificado alemão.

E, apesar de Klaus passar boa parte do tempo em sua residência, a despeito de todos os esforços da III Seção da Chancelaria Russa, pouco se sabia do que era feito no interior do castelo. Klaus von Richthofen era um engenheiro renomado, mas Alexandra e a agência tinham apenas alguns indícios de suas atribuições. Mas fosse o que fosse, era algo grande. Um destacamento completo havia se deslocado para o quartel nos últimos meses.

Mas agora, aquilo pouco importava. Alexandra precisava subir os quase cem metros até a base do bonde aéreo e a única coisa que lhe interessava era o próximo passo. Considerada uma tarefa impossível para muitos — a missão fora oferecida a três agentes, como era o costume, mas só Alexandra aceitou —, ela precisava provar para si mesmo que tomara a decisão correta.

A escalada era difícil. As pedras estavam lisas como vidro e escorregadias por causa da neve acumulada. Seu corpo era castigado pelos ventos constantes. Agora, não nevava, mas o frio alpino se conservava em toda a região. Apesar das luvas térmicas, ela sentia os dedos duros e quebradiços. As botas de prego faziam seu trabalho, mas, naquelas circunstâncias, qualquer erro seria fatal.

Um alpinista experimentado teria trazido um martelo, cordas e grampos, mas Alexandra não podia se permitir tais luxos. Aqueles eram equipamentos de segurança, mas o que ela precisava, naquele momento, era rapidez. As mãos tateando na escuridão até o próximo ponto de apoio. As pernas impulsionando o corpo para cima. E o ciclo recomeçava. Metro a metro. Passo a passo.

Alexandra alcançou a base cinco minutos antes da partida do vagão. Ela esgueirou-se pelas paredes de pedra até se posicionar embaixo dos cabos de aço, na saída do bonde.

Aquela era uma das etapas mais perigosas. O vagão deixaria a base no monte Adler e subiria até o castelo, içado por dois cabos de aços que controlavam a propulsão de um potente motor Webber-Watt. Mas, ao deixar a inércia do monte, o vagão fatalmente balançaria. De sua posição, lhe restava apenas saltar e agarrar-se ao trem aéreo.

Ela só teria uma chance. Qualquer erro e seu corpo despencaria até as águas parcialmente congeladas do Rio Elba para a morte certa.

Um sorriso fraco lhe brotou nas faces. Já encarara a morte outras vezes. Nunca tivera medo de morrer, na verdade. Mas, de certo modo, sempre imaginou que seu fim chegaria no campo de batalha, em uma luta corpo a corpo contra uma centena de oponentes. Uma morte heroica... Um sonho infantil, talvez, mas era assim que ela imaginava.

Ter o corpo despedaçado em uma noite tempestuosa atrás das linhas inimigas não estava em seus planos imediatos.

Alexandra balançou a cabeça para afastar tais pensamentos e apertou os músculos em expectativa até ouvir o chiado das caldeiras e o ritmo pesado do motor ganhar vida, esticando os cabos de aço, derrubando o resto de neve e gelo que havia se acumulado desde a última subida. Arrastado pela força do aço e do vapor, o vagão deixou a base, balançando no vazio com mais força do que Alexandra poderia supor. Apertando os dentes, ela saltou, as mãos estendidas para as barras de ferro que trespassavam a base do vagão.

A mão direita agarrou-se firmemente, mas o ferro estava congelado e recoberto de neve, o que a impediu de segurar-se com a outra mão. Ela sentiu os dedos escorregando e, por um momento, todo o seu peso permaneceu sustentado apenas pelos três dedos médios da mão direita, já cansada pela escalada rápida. Seu corpo balançava descompassadamente enquanto o vento açoitava suas pernas e dorso.

Rosnando, ela aproveitou o próprio movimento do vagão para, num gesto desesperado, lançar as pernas de encontro ao bonde, prendendo o pé em uma reentrância. A situação era ruim e extremamente desconfortável, mas, pelo menos, era estável.

Os minutos passaram devagar. O lince drozde tremera por alguns segundos, mas parara, temeroso pela vida da ama. Afinal, muito pior do que se agarrar ao vagão seria saltar dele. Se permanecesse junto à base do bonde aéreo, seria esmagada na entrada do Castelo. Ela precisava saltar e aquele seria um salto de fé, apesar de sua falta de convicção religiosa.

Tudo havia sido combinado e checado mais de uma vez com a agente infiltrada no Castelo, mas eles haviam permanecido em silêncio total nas últimas quarenta e oito horas. Se qualquer coisa tivesse dado errado e a corda não estivesse esticada na posição correta, aquela seria a missão de resgate mais curta da história da III Seção da Chancelaria.

Eles se aproximaram da falha geológica, um pico que erguia-se do rio e cuja cume fora desbastado para dar lugar ao Castelo do Ninho das Águias. O vagão seguiria diretamente para dentro do Castelo, passando por uma abertura estreita, que certamente destroçaria Alexandra se ela permanecesse dependurada do lado de fora.

Com a mão livre, ela girou o goggles de serviço para a função de magnificência total, mas a escuridão e o vento prejudicavam sua visão. Ela conseguiu encontrar a saída do esgoto, mas era impossível ver qualquer outra coisa. Concentrando-se nas barras de ferro, ela esperou até o último momento e deixou o corpo cair.

As mãos enluvadas rasparam junto ao paredão, tateando no escuro enquanto seu corpo adquiria velocidade. Ela resistiu à tentação de se agarrar às pedras. Isso provavelmente só a afastaria do costado do pico.

Era preciso se ater ao plano. Confiar nele.

O problema era que Alexandra não confiava em ninguém. Sobrevivera melhor assim.

Faltavam apenas cinco metros.

Quatro.

Nenhum sinal da corda.

Três.

Dois.

Seus dedos roçaram alguma coisa. Seria...

Um.

Ela precisou de toda a força de vontade para não se agarrar às barras de ferro da saída do esgoto. Naquela velocidade, teria os braços arrancados, na melhor das hipóteses. Precisava confiar nas providências do seu contato no interior do Castelo. Afinal, sempre havia uma margem de segurança.

Um metro após a saída do esgoto.

Dois.

Mais um pouco e a velocidade de queda se tornaria tão pronunciada que encontrar ou não a corda seria irrelevante.

Três. Seus dedos tocaram alguma coisa. Ela apertou as mãos. Se sentiria uma completa idiota se fosse apenas uma raiz ressequida.

Mas não era. A luva emborrachada e recoberta de micro-cartilagens agarrou-se à corda elástica, que se esticou até quase romper, antes de empurrá-la novamente para cima. Alexandra subiu e desceu mais algumas vezes até conseguir estabilizar-se. Ela precisou alguns minutos para recuperar o fôlego, enquanto mantinha os dois pés presos juntos ao paredão.

Respirando profundamente, ela galgou alguns metros até a saída do esgoto. As barras de ferro comidas pela ferrugem resistiram muito pouco ao sistema de pressão mecânico que ela retirou da mochila.

Então, ela entrou. Por alguns momentos, permaneceu ali, parada, abrigada do vento, recuperando o calor do corpo. Mas sabia o quão perigoso seria manter-se parada por tanto tempo. O corpo exausto seria facilmente atraído pelo conforto do descanso. Era preciso manter-se ativa e continuar sempre em frente. Parar era sinônimo de fracasso.

Alexandra arrastou-se pelo esgoto. Havia decorado toda a rede de túneis subterrâneos do Castelo durante a viagem no submergível. Sabia onde daria cada entroncamento e cada saída. Planejara cuidadosamente seu destino e precisava ater-se ao plano.

Quando alcançou a saída que estivera procurando, parou por um momento e tirou a grossa roupa de couro que lhe servira de proteção até então. Agora, precisaria esgueirar-se dentro do Castelo e, para isso, um disfarce seria o mais adequado.

O uniforme negro e carmim das Irmãs Basileia era reconhecido em qualquer lugar da Prússia. Intimamente ligadas aos militares e à Bismarck, elas atuavam como enfermeiras e conselheiras espirituais em vários quartéis. Alexandra não tinha ideia se havia Irmãs Basileia no Castelo do Ninho das Águias, mas aquela era uma suposição com um razoável grau de certeza. Depois de vestir o hábito e se livrar do resto do gelo e neve, subiu uma escadinha de manutenção e esgueirou-se para dentro de um banheiro no terceiro andar. Com a pose ereta, ela deixou o recinto.

Lâmpadas amareladas iluminavam os corredores varridos pelo vento inclemente. Ela seguiu até uma abertura e espiou para o lado de fora, deixando escorregar um pequeno embrulho no muro externo antes de prosseguir. Ela se virou ao ouvir passos que se aproximavam.

Agora era hora de descobrir se sua missão seria resolvida de forma simples e limpa ou em uma desagradável carnificina.

Dois soldados prussianos se aproximaram, em marcha de sentinela. Eles a cumprimentaram com cortesia, ao que Alexandra respondeu com um menear da cabeça sóbrio, deixando escorregar para dentro do hábito a pistola que mantinha presa à mão. Enxugou o suor da fronte e seguiu em frente.

Uma centena de metros à frente, ela se aproximou novamente do peitoril da janela e deixou outro pequeno embrulho na parede externa e continuou seu caminho.

O corredor seguia para a Torre Norte. Depois de deixar uma última carga, ela alcançou uma escada e subiu até o quinto andar sem ser importunada por ninguém. Um jovem oficial a cumprimentou por uma porta aberta e talvez tenha a encarado por mais tempo do que ela gostaria, mas a agente estava acostumada. Mesmo trajando um hábito, sua beleza era estonteante e atraia olhares pegajosos onde quer que ela fosse.

Normalmente, sua áurea de autoridade que transparecia em seus olhos calmos e meticulosos mantinha os engraçadinhos a distância. E, para os mais ousados, o rifle Baranov que sempre trazia a tiracolo era um aviso mais do que o suficiente.

Alexandra contou o número de portas do quinto andar e deu três batidinhas em uma placa de madeira. A porta se abriu e ela escapuliu lá para dentro.

— Estava preocupada — disse uma mulher baixa, de cabelos negros e feições duras e que vestia um uniforme completo das forças médicas prussianas.

Alexandra encarou aquele rosto sem expressão por um momento, dispensando uma resposta. Seus olhos cruzaram o quarto espartano — uma cama de ferro, um armário e um criado mudo, além de uma janela minúscula —, e voltaram-se para a mulher.

— Onde está Anna?

— A Srta. Fedorevich? — perguntou a mulher, espantada. — Presa no segundo andar debaixo, acho eu. Quem se importa? O Dr. Nikolai...

— Esta é uma missão de resgate para dois, Sombra Vermelha — respondeu Alexandra, utilizando o codinome da espiã.

A mulher entendeu a mensagem. Ela poderia ser a mais famosa e importante espiã no Império Russo, mas Alexandra estava em um nível superior. Depois de respirar fundo, ela fez um sinal de assentimento. Alexandra foi até a porta, olhou de um lado para o outro e chamou Sombra Vermelha, que a liderou.

As duas desceram pela escada, andando calmamente e com confiança, sem fazer qualquer esforço para dissimular sua presença. Qualquer tipo de suspeita que poderia recair sobre o disfarce de Alexandra desaparecera pela presença da Sargento Margaretha Rosenberg, uma das mais respeitadas médicas das forças armadas.

Passaram por uma sentinela, que bocejava de sono e frio e por uma jovem enfermeira, que cumprimentou a Sargento, mas ninguém lhe deu maior atenção.

— Deve haver guardas na porta de Anna — murmurou Margaretha, ao que Alexandra respondeu com um sorriso.

— Este é o meu trabalho, Sombra Vermelha.

Elas viraram para a esquerda no final do corredor e desceram por uma escada de serviço até o segundo andar. Depois, avançaram por entre portas fechadas e lâmpadas intermitentes até alcançar a entrada de um vestíbulo, guardada por dois soldados.

— Vim oferecer aconselhamento espiritual — disse Alexandra, em tom submisso, olhando placidamente para os guardas.

Eles se viraram para a Sargento Margaretha, em dúvida, e ela foi obrigada a intervir.

— Ela foi autorizada pelo Major Klaus — disse.

Isso foi o suficiente. Com um gesto afirmativo, eles se afastaram e Alexandra entrou, deixando sua companheira do lado de fora.

— Irmã?

Quem perguntou foi uma jovem mulher de uns trinta e poucos anos e de olhos grandes.

Alexandra levantou a mão. Não havia tempo para muitas explicações.

— Eu sou a agente Alexandra, da III Seção da Chancelaria. Estou aqui para resgatá-los. Onde está o Dr. Nikolai?

— Preso na Torre Sul.

— Ele contou alguma coisa?

— Creio que não. Mas eles o torturaram. Ele...

— Vai falar. É inegável. Cedo ou tarde, todos falam. Precisamos tirá-los daqui. Vista isso.

Algumas pessoas poderiam bombardear o pretenso salvador com perguntas das mais pertinentes. Afinal, eles estavam presos em um dos castelos mais bem cuidados da Prússia e imaginar um rota de fuga era algo difícil.

Mas Anna era de uma natureza diferente. Ela aceitou as roupas de Alexandra e vestiu o hábito sem tecer qualquer comentário. Seu drozde rato a encarou por um momento, em dúvida, mas uma pequena afagada em seus longos bigodes foi o suficiente para que o autômato ficasse satisfeito.

— Estou pronta.

Alexandra assentiu e bateu na porta. Os soldados abriram a fechadura e, por um momento, ficaram perplexos em notar que havia duas irmãs Basileia dentro do quarto.

Foi o suficiente para que Alexandra acertasse um chute na ponta do queixo do primeiro soldado. Margaretha segurou o braço do segundo, impedindo-o de pegar sua arma e golpeou o seu pescoço com o cotovelo. Os olhos da sentinela se viraram e ele caiu.

Elas amarraram os dois soldados perto da cama e deixaram o lugar.

— Ande devagar — recomendou Alexandra para Anna. — Você é uma Irmã, agora. Não há nada a temer.

Elas atravessaram um longo corredor e começaram a subir as escadas. Havia uma sensível mudança na atmosfera. Toda parte debaixo do castelo parecia reservada aos escritórios, laboratórios e burocracia do quartel. Mas a parte de cima era reservada ao próprio Major Klaus. O local deveria ser bem guardado e o disfarce preparado por Alexandra talvez não fosse o suficiente.

Havia um ponto de controle na escada.

— Alto — disse um guarda, com uma espingarda a tiracolo. — O que desejam?

— Temos que falar com Lady Kunigunde — disse a Sargento Rosenberg.

— Só podem passar com autorização.

— A autorização foi enviada pelo malote interno. Foi o que nos garantiu o Major Klaus.

O soldado pareceu confuso por um momento e se virou para ver a papelada que estava em cima da mesa.

Foi o suficiente para que Alexandra atacasse. Ela o agarrou por trás, comprimindo sua traqueia, enquanto Margaretha tentava dominar o outro soldado. Houve uma troca de socos, dois golpes e, no meio da confusão, um tiro.

A bala passou raspando a coxa de Alexandra, mas não a feriu.

Em compensação, fez um barulho dos diabos.

— Precisamos correr! — rosnou Alexandra. — Os soldados não tardarão a chegar!

Margaretha assentiu e as três dobraram à direita e correram pelo corredor até encontrarem três soldados que vinham em direção contrária. Não havia tempo para sutilezas. Alexandra, de pistola em punho, descarregou sua arma nos três soldados, que tombaram sem conseguir disparar um único tiro. Os drozdes miaram e guincharam, mas não ousaram se afastar dos seus amos abatidos.

— Para onde?

— O andar de cima. Terceira porta à direita.

Alexandra suspirou. Apenas duas ou três dezenas de metros, provavelmente, mas quando havia um batalhão inteiro de soldados atirando às suas costas, a distância parecia muito maior.

Dobraram à direita. Alexandra agarrou o braço de Anna e puxou-a para trás quando uma rajada de balas explodiu a parede.

— Há outro caminho? — perguntou Alexandra, respondendo o fogo, atirando aleatoriamente para dentro do corredor apenas para mantê-los afastados.

Margaretha balançou a cabeça.

Tudo bem. Alexandra já esperava por isso. As partes sensíveis de cada quartel não costumavam ter múltiplas entradas. Seria burrice.

Depois de disparar mais uma ou duas vezes, abriu a mochila e sacou de lá uma granada pequena e de aspecto sinistro.

— Isso é o que eu imagino? — perguntou Margaretha.

Alexandra não se deu ao trabalho de responder. Depois de assobiar para o lince-anão, o drozde se afastou. Anna pegou o seu rato e o levou para longe, junto com o gambá metálico da sargento.

Alexandra atirou mais uma vez com a pistola e jogou a granada.

Os soldados saltaram para trás, mas a explosão foi mais silenciosa do que eles imaginaram. O máximo que sentiram foi uma vibração muito intensa quando o pulso eletromagnético destruiu todo artefato elétrico em um raio de uma dezena de metros. As lâmpadas se desligaram e os drozdes caíram como gafanhotos pegos por uma rajada de veneno.

Alexandra ouviu os gritos desesperados dos soldados enquanto ajustava o goggles para visão noturna. A pouca iluminação que provinha das janelas poderia ser o suficiente para se deslocar, mas não para um tiro preciso.

Ela avançou para os soldados confusos, abatendo-os rapidamente. Não sentiu orgulho disso, e tampouco remorso. Era seu trabalho e se estivessem em situações diferentes, eles a matariam também, sem piedade.

As três mulheres subiram o lance de escadas. A porta do Major Klaus estava guardada, como imaginava, e foi preciso trocar mais uma série de tiros para destruir o resto da oposição. Margaretha recebeu uma bala no antebraço direito, mas, fora este pequeno contratempo, elas haviam chegado relativamente intactas ao seu objetivo.

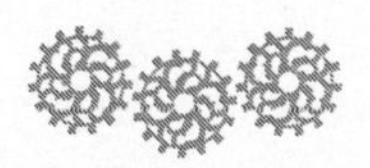

Com uma gazua, Alexandra arrombou a porta e elas entraram, com as pistolas em punho.

Aquele deveria ser o laboratório particular do Major Klaus, Alexandra imaginou. Sua visão periférica armazenou os detalhes das bancadas, dos planos, das engrenagens e dos artefatos desmantelados. Provavelmente, qualquer cientista da III Seção da Chancelaria daria um dos seus dedos para passar meia hora ali. Mas Alexandra tinha outros objetivos. E sua atenção estava voltada para o homem amarrado a uma cadeira, com os olhos claros abobalhados. Era o

Dr. Nikolai Ivanovich, obviamente, e que parecia sorrir debilmente para os dois homens que o cercavam.

Um deles era um médico, a julgar pelo jaleco branco e a agulha esvaziada que trazia na mão. O outro, salvo melhor juízo, era o Major Klaus von Richthofen em pessoa. O Major tentou levar a mão imperceptivelmente ao coldre.

— Não cometa nenhuma tolice, Major — disse Alexandra, engatilhando a pistola.

Ele afastou a mão.

— Um desperdício de escopolamina — murmurou ela, olhando para o médico, que apenas rosnou em resposta.

A um sinal, Margaretha e Anna fecharam a porta atrás de si, empurrando um grande armário de livros que desabou.

— Um pouco de privacidade — disse ela, enquanto desarmava o Major e o amarrava junto ao pé de uma pesada escrivaninha.

Margaretha fez o mesmo com o médico antes de darem atenção ao pobre Dr. Nikolai, que sorria de forma patética.

— Anna...? É você, minha cara? Que bom vê-la, Anna. Hã... Por que estou aqui?

— Você está bem? — perguntou Alexandra, seca.

— Claro. Muito bem... Queriam saber de nossos planos, Anna. Isso é maravilhoso, não é? Hã... Quem é você?

Alexandra balançou a cabeça.

— Esse só vai recuperar a razão amanhã. Precisamos nos apressar.

Bam!

A batida na porta se seguiu a uma série de pancadas. Alexandra retirou uma caixa de dentro da mochila e, em poucos segundos, montou o rifle Baranov. Ela disparou duas vezes contra a porta, perfurando a grossa madeira.

As batidas cessaram.

— Isso não os manterá muito longe.

— Sei disso — respondeu à Margaretha, antes de se virar para o Major.

— Major Klaus, o Dispositivo de Voo Individual, se me faz favor?

Se o Major se mostrou surpreso por ela saber de seu invento, ele não demonstrou. Seu sorriso petrificado durou apenas um segundo.

— Está atrás disso? Ele não funciona, na verdade.

— Temos ciência de suas limitações, Major. O dispositivo, por favor.

Ele abriu um esgar enigmático e sua curiosidade científica pareceu levar a melhor sobre seus deveres como soldado da Prússia. Fez um gesto à um armário, ao qual Alexandra abriu e de lá retirou três mochilas pesadas.

Ela agradeceu — afinal, a civilidade ainda deveria ser preservada, quando possível — e vestiu uma das mochilas e fez com que Anna e Margaretha calçassem as outras.

— Por que vamos roubar isso?

Alexandra não respondeu.

— Ele ainda está em fase de testes — insistiu o major, achando aquilo tudo um pouco divertido. — Se tentarem sair voando daqui, vão acabar se esborrachando junto ao paredão.

— Não queremos voar, Major, mas cair.

O Major abriu a boca para falar, fechou os olhos por um segundo e se calou, balançando a cabeça em concordância.

— Parabéns, espiã. É um plano ousado, mas plenamente factível. Admito que...

O soco de Alexandra cortou a fala do Major. Seus olhos se reviraram por um segundo antes dele perder os sentidos.

— Ele deduziu demais para seu próprio bem — resmungou ela, antes de se aproximar da janela.

Ela amarrou uma corda junto ao pé da mesa mais forte e pesada, lançando o resto para fora. O rolo desenrolou-se até alcançar o pátio, uns bons trinta metros abaixo.

Não foi uma descida fácil. O vento continua inclemente, as mochilas pesadas dificultavam os movimentos e o Dr. Nikolai, que parecia estar se divertindo como em um parque de diversões, mais atrapalhava do que ajudava. Mesmo assim, elas obtiveram êxito e alcançaram o pavimento inferior e se esconderam junto a uma série de caixas perto do muro.

Soldados corriam de um lado para o outro. Gritos e ordens eram dadas e o Castelo fervilhava de agitação.

— E agora?

— Precisamos alcançar a base do trem aéreo — respondeu Alexandra.

Margaretha abriu um sorriso fraco.

— Isso fica do outro lado do Castelo. Nunca chegaremos lá.

— Vou providenciar uma pequena distração.

Margaretha a encarou e Alexandra se aproximou do parapeito. As três cargas de explosivos que havia posicionado possuíam um pequeno dínamo à corda que alimentavam uma lâmpada verde do tamanho de uma ervilha. A luz era praticamente imperceptível se você não parasse e olhasse com atenção. Com o vento incessante, era praticamente impossível percebê-la. Alexandra ajustou o goggles, fez a mira com o seu rifle e....

O tiro seco se seguiu a uma explosão que fez com que os tímpanos delas doessem. O muro Oeste desmoronou e boa parte de um escritório irrompeu em chamas. Gritos se seguiram e os soldados correram para lá, atraídos pela confusão.

Ela disparou mais duas vezes. Mais duas explosões. O incêndio se tornou incontrolável e muitos soldados largaram as armas para tentar apagar as chamas, lançando água e neve no fogo.

— Vamos — disse Alexandra, correndo à frente, com as duas mulheres atrás, que arrastavam o aparvalhado Dr. Nikolai, que continuava olhando para o incêndio.

— Olhem! Fogos de artifício!

Mais duas explosões se seguiram. Aparentemente, Alexandra acertara parte do paiol.

Ela sorriu. Um pouco de sorte, afinal.

Houve pouca resistência. Um ou outro soldado retardatário, uma enfermeira que precisou ser silenciada com um golpe na nuca e dois cozinheiros. Estes deram mais trabalho. Alexandra não gostava de matar civis e resolveu derrubá-los, mas os dois pareciam muito à vontade lutando com suas caçarolas. Foi preciso a ajuda de Anna e de Margaretha para finalmente colocá-los fora de combate.

A estação do trem aéreo não estava deserta, como era de presumir. Aquela era a única entrada e saída do Castelo e se havia intrusos em seu interior, era razoável supor que, mais cedo ou mais tarde, eles teriam que passar por ali.

— Eles são muitos. Nunca conseguiríamos sair por ali — disse Margaretha.

— Não é esta a nossa rota — disse, mexendo no dispositivo às suas costas. Ela puxou a corda e o motor girou uma, duas vezes, antes de estabilizar.

— Não temos muito tempo. O combustível líquido é experimental e só dura poucos minutos — explicou, ligando as mochilas às costas de Margaretha e Anna. — Você leva o Dr. Nikolai — disse, apontando para a espiã.

— O major disse que...

— Como eu já disse ao prezado Major Klaus, não vamos voar... Vamos descer. Saltem e puxem a segunda corda. Agora, corram!

Alexandra e Anna saíram correndo, com Margaretha logo atrás. Pouco depois, elas ouviram os primeiros disparos dos soldados. Houve gritos e ordens, mas ela mal podia ouvi-los no meio do vendaval.

Mais disparos.

Uma bala ricocheteou em uma pedra, a um centímetro da têmpora de Alexandra, mas ela conseguiu alcançar a beira do penhasco incólume.

Sem parar para pensar, saltou.

Foi um bom salto, as pernas juntas e os braços abertos para dar estabilidade. Ela puxou a segunda corda e sentiu o empuxo. O motor disparou uma rajada de fogo e gases, impulsionando-a para cima. Mas, como o Major havia dito, o sistema não era potente o suficiente para que alçasse voo.

No entanto, era mais do que o suficiente para diminuir a velocidade de queda. Resfolegando e cuspindo, o equipamento lançou suas últimas gramas de combustível enquanto ela e os demais desciam calmamente até as águas geladas do Rio Elba.

O impacto na fina camada de gelo que cobria o rio foi o suficiente para apagar o motor. A água fria queimou o rosto de Alexandra, tirando seu fôlego. Elas precisavam ser rápidas se quisessem sobreviver. Depois de soltar as presilhas da mochila, deixando o pesado equipamento afundar, ela nadou até Anna e a ajudou a se livrar do mortífero peso morto, que ameaçava afogá-la.

Um assovio leve e borbulhante avisou que sua carona havia chegado. O submergível ergueu-se o suficiente para deixar a escotilha fora d'água. Tiritando de frio e exaustão, Alexandra girou a manivela e, poucos minutos depois, os quatro já estavam no interior. O ar abafado e viciado os atingiu como um sopro de vida.

— Estamos vivas — disse Anna, necessitando confirmar o óbvio para poder acreditar.

— Foi uma boa noite — confirmou Alexandra, movimentando-se com cuidado.

Com a lotação esgotada, o submergível parecia mais claustrofóbico ainda. Ela atirou uma série de toalhas para eles.

— Conseguimos fugir e eles não descobriram nada — disse Anna, tremendo.

— O Dr. Nikolai foi muito corajoso — comentou Margaretha.

— Quem? Eu?

Anna abriu um sorriso frio.

— Seria um verdadeiro milagre se ele contasse alguma coisa.

Margaretha a encarou, sem entender.

— A Srta. Anna Fedorevich é a nossa principal cientista, Sombra Vermelha — respondeu Alexandra.

Ela passou os olhos de uma para a outra, sem entender. Encarou o Dr. Nikolai, mas ele continuava a mostrar uma expressão aparvalhada.

— Ninguém respeitaria uma cientista mulher — disse Anna, com um olhar mais duro. — Eu propus um acordo ao Dr. Nikolai

Ivanovich. O escolhi a dedo, posso dizer. Li seus trabalhos. Ele era um cientista medíocre, mas vinha de uma boa família e tinha contatos. Você sabe como é a Rússia, não sabe?

— Um país dividido pela burocracia e a nobreza. Qualquer assunto é confiado às duas instâncias, que se atrapalham mutuamente — recitou Margaretha, repetindo uma piada velha.

— Então, eu conduzi as pesquisas, escrevi os artigos e ele os apresentava. A III Seção da Chancelaria sabia, era claro, pois boa parte do que fazíamos era para o exército e a marinha. O lucro de minhas patentes era dividido entre nós dois.

— Compreendo. Então foi por isso...

— Que ele não pôde responder a nenhuma das perguntas do Major Klaus — interrompeu Alexandra. — Ele não poderia dizer onde estavam os planos para a nova Força Aérea Russa, pois nunca os viu. O Major poderia torturá-lo à vontade. Claro, mais cedo ou mais tarde, o nosso bom Dr. Nikolai confessaria a farsa. Seu orgulho de macho seria destruído, mas todos confessam, no final.

— Então, foi para salvá-la que meu disfarce foi destruído — comentou Margaretha, olhando para Anna.

— Sim, Sombra Vermelha. Sua carreira de agente acaba aqui. Todos a conhecem agora.

Margaretha sorriu e Alexandra assobiou. Quando a pistola surgiu na mão da espiã-dupla, o lince-anão a abocanhou no mesmo ato.

Um tiro foi disparado e ricocheteou na estrutura de aço, sem atingir ninguém. Alexandra tentou acertar-lhe um soco, mas Sombra Vermelha tinha o mesmo treinamento que ela. Ela se desviou e puxou a mão presa pelo lince drozde para atirá-lo contra Alexandra. O animal mecânico atingiu o rosto da agente e soltou um pequeno ganido quando caiu no chão.

Um fio de sangue escorria de sua boca quando Alexandra retomou a carga. O espaço era mínimo e ela não podia usar sua maior envergadura. Elas trocaram dois ou três golpes a curta distância, mas ambas conseguiram se defender sem maiores dificuldades.

Anna, que olhava tudo com crescente perplexidade, tentou achar a arma, mas era difícil se locomover naquele espaço apertado.

Sombra Vermelha arrancou um extintor de incêndio da fuselagem e o girou em direção à cabeça de Alexandra, que se abaixou bem a tempo, respondendo com um soco na sua cintura. A espiã perdeu a respiração por apenas um segundo, mas foi o suficiente. Um golpe no queixo, outro nas omoplatas e Sombra Vermelha, a espiã-dupla mais famosa do Império russo, estava derrotada.

Alexandra a prendeu com um par de algemas que o Capitão Frederick lhe estendeu e se sentou, sentindo cada músculo reclamar de dor.

— Como soube?

— Há muito duvidávamos de você — respondeu Alexandra depois de recuperar o fôlego. — Informações desencontradas. Pistas desorientadoras. Nem mesmo os planos do Major você conseguiu. Só descobrimos sobre o Dispositivo de Voo Individual quando ele foi testado em Berlim, há alguns meses.

Alexandra a encarou com os olhos frios.

— Passou tempo demais perto dos prussianos, Sombra Vermelha.

— Prefiro a prata aos seus sonhos infantis.

— Ah. Dinheiro. O vil metal. Vendeu-se, então.

— Impérios vem e vão, Alexandra. Que diferença faz, afinal, quem manda em uma região recoberta por neve e esquecida por

Deus? O povo continua sendo explorado para manter os poderosos no poder.

Alexandra não respondeu a isso, mas continuou sua história:

— Quando Anna e o Dr. Nikolai foram capturados, um de nossos agentes na Baviera nos informou de sua localização. E você não nos disse nada. Afirmou não saber se eles estavam ou não no Castelo. Uma manobra idiota, Sombra Vermelha.

— Minha utilidade como espiã dupla estava acabando. Sabia disso. Fora minha cartada final. Mais meio milhão de táleres pela cabeça de um dos principais cientistas russos.

— Mas ele não correspondeu com o que era esperado, não? Foi por isso que você colaborou com nosso plano de resgate. O Major Klaus sabia que nós estávamos indo.

Sombra Vermelha piscou.

— Como...

— A Torre Sul, o principal centro nevrálgico do Castelo! Um batalhão inteiro instalado no Ninho das Águias e somente uma meia dúzia de guardas. Nossa entrada foi facilitada. Você queria que nós o resgatássemos. Era a sua única forma de deixar o Castelo sem levantar nossas suspeitas.

Sombra Vermelha apertou os dentes.

— E agora? — perguntou Anna. — O que vai acontecer com ela?

— Ela será levada à São Petersburgo para ser julgada e condenada à morte... No entanto, acredito que preferiu a solução mais fácil, não? — completou, virando-se para Margaretha.

Sombra Vermelha abriu um sorriso cheio de espuma, provocado pelo veneno que irrompera de um falso dente quebrado. Sua convulsão durou poucos segundos antes do colapso total.

— Vamos para casa, Camarada Frederick.

O Capitão apenas assentiu e girou os controles, conduzindo o submergível para o fundo do Rio Elba, levando a principal cientista do império russo, um homem drogado, uma espiã e um cadáver.

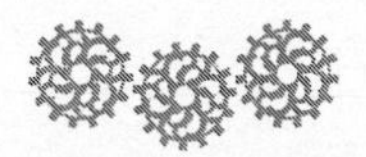

Alexandra não tinha como saber, mas acertara muito mais do que queria quando explodira a Torre Oeste. O principal paiol irrompera em chamas e destruiu boa parte do Castelo do Ninho das Águias. O Major Klaus von Richthofen foi retirado dos escombros ainda com vida, mas uma perfuração no abdômen lhe deu poucas esperanças.

Três dias depois, ele fora desenganado.

No seu leito de morte, ele pediu a presença da família. A mulher, Kunigunde, se aproximou com os quatro filhos, para se despedirem do pai. Ele passou a mão na cabeça dos garotos mais novos, deu um beijo em Ilse, a filha mais velha, e segurou o varão. Seu rosto brilhava pelo esforço e pela febre:

— Os céus... Nosso futuro está nos céus.

E, com isso, ele fechou os olhos para sempre, largando a mão de Manfred.

3. IRENE ADLER

Assassinato no Hotel Kinbrace

Londres, 23 de Janeiro de 1865

O Hotel Kinbrace era considerado a estalagem mais isolada da Grã-Bretanha, próxima à fronteira com a Escócia, em um lugarejo conhecido pelo pitoresco nome de Catlowdy. Mas não havia gatos na região, fossem de raça ou vadios. Só alguns cães, algumas vacas e ovelhas pastoreando e um corpo.

O corpo de Nora Fletcher havia sido encontrado no dia anterior. Graças aos seus contatos na Scotland Yard, Irene Adler fora uma das primeiras a receber um telegrama. A mensagem era brusca e sucinta, como já esperado de um policial corrompido pelos bolsos profundos do Comitê.

GAROTA ENCONTRADA DEGOLADA. HOTEL KINBRACE.

Bastou uma busca rápida em seus arquivos para que Irene aprendesse tudo o que se poderia saber sobre o vilarejo. Uma pequena capela, erguida ainda em 1479, deu origem à vila, que nunca tivera mais do que uns trezentos habitantes. Há pouco mais de uma década, o casal Penderglast se mudou para a fazenda Kinbrace e construiu aquele que foi propagado como o hotel mais isolado da Grã-Bretanha. A ideia, brevemente descrita em uma nota no Guia B. Bradshaws para Locais de Banho e Pousadas, era proporcionar aos seus hóspedes um reencontro com a natureza e a vida simples do campo. Sem sistemas de calefação, telégrafos ou rádios. Toda a comida era produzida na fazenda e os hóspedes precisavam carregar o próprio carvão para o quarto ou aguentar o frio.

Por que alguém pagaria para se submeter de bom grado a uma experiência dessas era algo que Irene não conseguia compreender. Enquanto arrumava a sua mala, pensou em Nora. A garota ficara sob seus cuidados por alguns meses, desde que a livrara de uma acusação de assassinato em Cambridge. Ela sempre fora voluntariosa e reservada, mas, depois do que havia acontecido, não poderia julgá-la. Achou que conseguira conquistar a sua confiança com o passar do tempo.

Estava errada, é claro. E seu erro custou a vida da garota.

Enxugou rapidamente uma lágrima teimosa enquanto separava alguns vestidos mais pesados e os enfiava com violência em sua mala. O seu drozde coruja pousou em cima da cama, mirando-a com curiosidade. A porta se abriu, quase sem ruído, mas Irene não se virou. Reconhecera os passos silenciosos e a respiração curta de Mila desde que ela se aproximara pelo corredor.

— Vai viajar, Mademoiselle Adler?

Irene se virou para Mila. A jovem esguia e de longos cabelos castanhos já estava perto dos vinte anos. Seus lábios e rosto estavam avermelhados com um pouco de ruge. Estava com ela desde os quinze, quando a pegara tentando lhe roubar a carteira em uma ruela em Limehouse. Talvez estivesse na hora de colocá-la à prova, pensou, encarando brevemente o drozde pardal da garota, que quase nunca saía do seu ombro.

Ou, talvez, simplesmente não quisesse fazer aquela viagem sozinha.

— *Nós* vamos viajar — disse Irene, encarando a garota após tomar sua decisão. — Temos uma missão no Norte. Pegue roupas quentes. Partimos em quinze minutos.

Mila já conhecia o suficiente de Irene para não fazer perguntas. Com o coração palpitando como um tambor, ela girou nos calcanhares e saiu correndo. Irene se permitiu um sorriso antes de se aproximar do toucador e rabiscar rapidamente algumas palavras em seu caderno de notas.

— Esme! — chamou, atraindo uma garotinha de uns onze anos, com longas tranças nos cabelos castanhos. — Envie esse telegrama, sim? Sem demora.

— Sim, senhorita — disse a garota, pegando a mensagem antes de sair correndo com o seu drozde texugo bamboleando logo atrás.

O conteúdo estava codificado, assim como a destinatária, a inexistente Sofia Doroteia. Mas Olga Romanoff, a líder do Comitê, receberia a mensagem.

SEGUINDO PARA NORTE VISITAR TIA. PRIMA MELHOROU E MANDA LEMBRANÇAS.

Ela imediatamente entenderia PRIMA como o *alvo* e MELHOROU como *assassinada*. As LEMBRANÇAS indicavam que Irene iria investigar.

A resposta não tardaria a chegar e, desse modo, Irene e Mila precisavam se apressar. Era óbvio que Olga mandaria abortar a operação e a única chance para Irene fazer o que ela precisava era simplesmente não receber o recado.

Meia hora depois, as duas estavam embarcando em um trem em Charing Cross. Por sorte, conseguiram acomodações na primeira classe, o que lhes permitiria um pouco de paz e tranquilidade enquanto a locomotiva as levava para o norte. Irene permaneceu um bom tempo observando pela janela, enquanto a paisagem urbana de Londres transformava-se em campos arados, recortados aqui e ali por algumas construções ou manchas verdes de bosques antigos, que sobreviviam à duras penas aos tempos modernos.

— Esse é o arquivo de Nora — disse Irene, depois de um tempo, retirando um envelope de dentro da mala. — Você esteve longe de Londres nas últimas semanas, então, é melhor se familiar com o passado dela, se quiser me ajudar nesse caso.

Mila assentiu e pegou os papeis. Ela usava luvas elegantes que combinavam com as vestes escuras. Irene teria escolhido uma cor mais alegre para a jovem, mas Mila sempre preferira vestidos mais sóbrios.

— Por que a acusação foi retirada? — perguntou ela, depois de ler as primeiras páginas. — Não há nada aqui sobre isso.

— A principal testemunha acabou mudando de ideia — disse Irene, encarando o mundo lá fora pela janela. — Subitamente, o sujeito descobriu que o melhor para a sua saúde imediata era não comparecer ao julgamento.

— Suborno? — insistiu Mila, erguendo uma sobrancelha.

— Claro.

A resposta alcançou a garota como uma bofetada, levando-a uma única conclusão.

— A *senhorita* o subornou?

— Sem dúvidas.

Mila apertou a pasta.

— Mas, então... Nora era culpada?

— Sim.

Um novo silêncio, um pouco mais profundo dessa vez.

— E por que a senhorita quis livrá-la da condenação?

— Porque eu teria feito a mesma coisa — rosnou Irene. — A mãe de Nora desapareceu no ano passado. Nunca acharam o corpo, mas a polícia desconfia de roubo seguido de morte. Dois meses depois, o seu padrasto a vendeu para um sujeito em Liverpool para que trabalhasse como prostituta. Ela aguentou aquilo por três meses antes de conseguir fugir, mas o seu antigo dono não estava disposto a perder o dinheiro investido. Ele a perseguiu e os dois lutaram. Nora venceu.

Mila já estava acostumada a ouvir histórias como aquela. Trabalhando com Irene nos últimos anos, já ouvira coisas piores das garotas que eram resgatadas por ela. Mas isso não queria dizer que precisava gostar do que ouvira. Ela precisou de alguns momentos para absorver tudo aquilo. Seu drozde pardal aninhou-se em seu peito e ela o acariciou.

— Por que acha que Nora fugiu da senhorita? — conseguiu perguntar.

Irene suspirou.

— Não tenho ideia — ela disse, irritada. — Duas semanas atrás, ela recebeu uma mensagem antes de desaparecer. Eu estava *lon-*

ge[4], na época. Quando retornei, usei todos os meus recursos, mas não consegui encontrá-la. O mensageiro recebera o bilhete escrito a mão de um sujeito que nunca vira antes. A única coisa que consegui descobrir foi que ele era alto e possuía uma cicatriz na orelha esquerda.

— E o mensageiro não leu o bilhete? Esses sujeitos são sempre curiosos...

— Não tenho dúvidas de que ele teria lido, se tivesse a habilidade para isso — disse Irene, com um sorriso satisfeito por Mila ter se lembrado disso. — Mas o rapaz não sabe nem reconhecer as letras.

— Se ela não tivesse fugido da senhorita...

Irene suspirou. Tal pensamento já havia passado por sua cabeça, é claro, mas era inútil se ater a ele.

— O perigo e mesmo a morte são conceitos estranhos para a mente dos mais jovens — disse. — Estão distantes de sua compreensão e, por isso, perdem o sentido.

Mila não sabia se concordava, realmente, com aquela afirmação, mas não iniciaria uma discussão por causa daquilo. Principalmente com o mau humor óbvio de Irene. A perda de uma de suas garotas a abalara profundamente, o que não era inesperado. Mila sabia que ela tinha verdadeira adoração pelas meninas que estavam sob seus cuidados.

— Descanse um pouco — disse Irene, depois de um tempo. — A viagem é longa e vamos precisar de todas as nossas forças nos próximos dias.

Dito isso, ela recostou-se contra a poltrona. Seu amigo em Londres, o famoso Detetive, tinha a habilidade de ressonar quase que

---

4 Leia a HQ Le Chevalier nas Montanhas da Loucura

imediatamente, guardando as forças para quando fosse necessário, mas Irene sentia-se angustiada demais para isso. Nas horas que se seguiram, seus olhos permaneceram fechados, mas, por dentro, sua alma gritava por justiça.

Catlowdy era um pequeno vilarejo situado junto aos trilhos e na confluência de duas estradas. Era o lar de talvez trezentas almas, que se reuniam para a missa dominical na única igreja, se comunicavam com o mundo pelo posto dos correios e telégrafos que funcionava junto à papelaria, selavam seus cavalos no ferreiro e frequentavam uma meia dúzia de lojas. Junto à estação havia uma pousada, cuja placa representava um coelho em cima de um pequeno morro, apesar de se chamar Pata de Javali.

Não foi fácil encontrar uma carruagem, mas os bolsos profundos de Irene falaram mais alto e um sujeito com um olho só e um cão drozde que mancava acabou concordando em levar as duas viajantes para a pousada Kinbrace.

Elas seguiram por milhas e milhas por entre campos abertos e montanhas que surgiam à distância. A estrada não era ruim, mas, mesmo assim, parecia que a carroça simplesmente não saia do lugar, tamanha a monotonia da paisagem. Passaram por algumas fazendas e, depois, mais nada. Quando se aproximaram de Kinbrace, aquela era a única construção em quilômetros.

A hospedaria era formada por um prédio acanhado e comprido de dois andares, com paredes caiadas e grossas vigas de madeira que sustentavam um telhado em V. Os panfletos algariavam sobre o ar bucólico e charmoso, mas a lama do inverno, as flores ressequidas e o silêncio do início da noite tornavam o hotel um lugar austero como uma guarnição militar em algum canto esquecido do globo. Subitamente, Irene se lembrou de Praga e estremeceu. Algumas lembranças eram doídas demais para serem esquecidas por completo.

O cocheiro as deixou na entrada, retirou as duas malas e partiu antes mesmo de Irene se aproximar da porta. Não poderia culpá-lo. Seriam várias horas trotando na escuridão até retornar à Catlowdy, sem uma única alma viva por perto.

Não havia ninguém a vista. A porta não possuía aldravas ou campainhas. Mila bateu por duas vezes, mas ninguém atendeu. O frio queimava o rosto das duas mulheres. Já parara de nevar em Londres, mas, ali, tão ao norte, os flocos não tardariam a voltar a cair. A fumaça quente se condensava à frente da sua boca cada vez que expirava.

Franzindo o cenho, Irene pegou a sua mala e avançou, testando a maçaneta, que abriu sem reclamar. Com um sinal, Mila a seguiu para dentro do hotel. Havia um único lampião iluminando um pequeno hall, onde uma chapeleira e um porta guarda-chuvas dominavam o ambiente. Aos fundos, uma escada de madeira escura levava ao segundo andar. Três botas enlameadas jaziam ao lado da entrada. Irene lançou um olhar avaliativo para Mila, que passou os olhos rapidamente pelo local.

— Dois homens, pelo menos. E duas mulheres — acrescentou, rapidamente.

— Por quê? — pediu Irene. Não aceitaria suposições baseadas em chutes, puro e simples.

— As três botas pertencem a três pessoas diferentes — explicou Mila. — Duas masculinas, de tamanhos diferentes, e uma feminina. Há dois chapéus-coco pendurados e um chapéu feminino escocês, estilo tammie.

— E por que o chapéu não poderia pertencer à mesma dona da bota?

— Um gorro tammie e uma bota de salto alto com bico arredondo? Quem usaria esse tipo de combinação? — perguntou Mila, erguendo uma sobrancelha.

Irene resistiu à tentação de sorrir. Largando a mala no chão, seguiu para um cômodo iluminado a direita. Era uma sala de leitura simples, mas aconchegante. Uma grande lareira acesa espantava o frio noturno, mas não havia ninguém ali para aproveitar a temperatura agradável. Em seu consolo, havia uma fotografia e alguns enfeites. Livros em várias estantes circundavam as paredes e poltronas diversas estavam espalhadas displicentemente aqui e ali. Uma pequena mesa auxiliar sustentava um globo de madeira. Junto à janela, em nichos especialmente construídos, diversos modelos de embarcação e navios formavam uma rica coleção, estranhamente deslocados a centenas de quilômetros da praia mais próxima. Algumas banquetas completavam o ambiente, onde era possível colocar os pés cansados.

Irene esperou por alguns momentos enquanto Mila aquecia as mãos regeladas junto à lareira e, então, voltaram para o hall para explorar o local. Seguiram por um pequeno corredor até encontrar uma porta aberta que as levou até um acanhado escritório, um aposento com uma escrivaninha disposta de lado, duas cadeiras e muitos quadros de gosto duvidoso pendurados nas paredes. Ao fundo, uma grande janela deixava entrar a luz difusa da noite invernal.

— Ah, senhorita Irene Young, eu presumo — disse um homem baixo e calvo, se aproximando por trás e desviando-se de um suporte para bengalas. Um drozde lagarto o seguia, com seu passo vagaroso.

O sujeito dirigiu-se à Irene, que assentiu. Afinal, aquele fora o nome que usara para fazer a reserva, no dia anterior. Nunca usava o próprio nome, a não ser que fosse estritamente necessário.

Irene se virou e fez um gesto afirmativo em silêncio.

— Essa é minha acompanhante, Mila Jordan.

— Muito prazer, senhorita — disse o homem, fazendo uma pequena reverência para a jovem. — Meu nome é Abel Penderglast e, junto com a minha esposa, gerenciamos o hotel Kinbrace, o mais isolado da Grã-Bretanha.

Se Penderglast esperava alguma reação entusiasmada frente à essas palavras, ficou desapontado. Irene continuou em silêncio, assim como Mila. Com um sorriso amarelo, ele se aproximou da escrivaninha para consultar um velho diário surrado.

— Deixe-me ver, minhas caras. Aqui. Irene Young e acompanhante. Três noites — disse ele, se virando para ela.

— Correto, senhor.

— Muito bem — disse Penderglast, fechando o livro e apertando as mãos nodosas. — O pagamento é adiantado, senhorita.

Irene assentiu brevemente e fez um sinal para Mila, que puxou algumas notas da sua bolsa e as entregou para o hoteleiro.

— Obrigado, senhorita — ele disse, fazendo desaparecer o dinheiro nos bolsos antes de seguir até um pequeno armário trancafiado. Após abrir a fechadura, entregou uma pequena chave para Mila.

— Quarto 7. O carvão fica nos fundos. Há um balde no quarto — concluiu, encarando a garota, que assentiu.

As duas despediram-se e voltaram para o hall. Com as malas em punho, fizeram ranger os degraus da escada que as levou até o segundo andar.

O quarto número 7 era um cômodo simples, mas aconchegante. Duas camas altas, um pequeno fogão e um único criado-mudo. Com certeza, Irene já havia se hospedado em lugares mais requintados, mas também já convivera com a sua quota de quartos vulgares e camas grosseiras. Ela abriu as cortinas por um momento, mas era difícil ver qualquer coisa no meio da escuridão. A lua ainda não surgira no horizonte, mas a ausência de florestas ou montanhas tornava a paisagem monótona e opressiva. E se você parasse para ouvir, não havia nada. Absolutamente nada. Somente o silêncio.

Elas largaram as malas e usaram uma bacia para se lavar da viagem, antes de descerem. Logo após o escritório, encontraram uma sala de estar com dois grandes sofás, um piano velho e engastado, uma mesa de centro e outras mobílias desparelhas, o que lhe dava o aspecto de parecer exageradamente lotado, mesmo estando apenas um casal ali.

Irene se apresentou e, logo, ficou conhecendo Ben e Aubrey Shaw, de Yorkshire. Ele, um clérigo de uma pequena congregação perto de Keld, com um drozde doninha enrodilhado em seu colo; ela, uma dona de casa que adorava falar sobre suas compotas e reclamar do preço do arenque enquanto apertava o drozde gato. Irene precisava de informações e, por isso, se obrigou a sorrir a cada nova menção culinária da Sra. Shaw, mesmo que soubesse tanto sobre a correta cocção de um pudim de pão quanto qualquer outra coisa relacionada à cozinha. Sua experiência se resumia, no máximo, a escolher a próxima refeição em um menu.

Aproveitando que a Sra. Shaw fizera uma pausa para recuperar o fôlego, Irene largou a sua deixa, num tom de voz displicente.

— Estávamos em busca de paz e tranquilidade, eu e minha sobrinha — disse ela, pegando levemente na mão de Mila, que sorriu. — Há alguns dias, um homem tentou nos assaltar em Londres quando estávamos descendo de nossa carruagem. Nada foi levado, mas o susto foi bem grande.

— Que horror! — disse rapidamente o Sr. Shaw que, aparentemente, também se cansara do monólogo da esposa. — Onde vamos parar, eu me pergunto! Não estamos seguros nem dentro das nossas próprias casas! Isso é uma vergonha.

A Sra. Shaw assentiu com rapidez, abrindo a boca para falar, mas Irene foi mais rápida.

— Mas, nem mesmo estando tão longe de tudo, estamos realmente seguras, não é?

Os dois a encararam, sem entender.

— Digo, a tal garota que foi encontrada morta — continuou Irene, baixando a voz em um tom confidencioso. — Ela foi encontrada por aqui, não foi?

O clérigo franziu o cenho, mas a sua esposa abriu um sorriso culpado como se Irene lhe tivesse presenteado com uma cornucópia.

— É um horror, não é? — disse ela, colocando uma mão na boca. — É um absurdo que coisas assim continuem acontecendo todos os dias.

Irene concordou em silêncio.

— Ela era hóspede aqui do hotel? — perguntou Irene.

— Não sabemos — disse o Sr. Shaw, mal-humorado. — Na verdade, não temos nada a ver com isso, se quer saber a minha opinião.

— É claro que não, Ben — disse a Sra. Shaw. — Mas tudo é meio estranho. E um tanto sórdido.

Irene se aproximou ainda mais, incentivando a mulher a continuar.

— Ela esteve aqui. Não, Ben, isso não é segredo — reclamou ela, quando o seu marido agarrou o seu ombro. — Tivemos que contar para a polícia, não? Então, como ia dizendo, ela esteve aqui por alguns dias, mas não era hóspede. Acho que tinha algum tipo de acordo com os gerentes. Trabalhava para eles ou algo assim. Mas foi embora uns quatro dias atrás.

Interessante, pensou Irene. O corpo fora encontrado no dia anterior e o relatório do legista indicava que ela havia sido morta três dias atrás. Ela partira de Kinbrace e fora morta. Mas para onde ela estava indo? E por que teria vindo até ali?

— Segundo ouvi na Estação, ela nunca voltou até Catlowdy — comentou Irene.

— Não me surpreende — disse o Sr. Shaw, irritado.

Irene o encarou.

— Ora, a garota foi encontrada no meio do campo, não foi? — disse ele, dando de ombros. — E em circunstâncias peculiares, é o que dizem.

Irene apertou os dentes e Mila precisou apertar as suas mãos para que ela se controlasse. *Circunstâncias peculiares* era um termo seguidamente usado para encobrir crimes sexuais. Mas não havia nada no relatório do legista que indicasse isso. Nora fora encontrada completamente vestida e não havia vestígios de tentativa de abuso.

— É o que dizem, *é*? — disse Irene, tentando conter o tom irônico.

— Sim — disse o Sr. Shaw, com convicção. O seu drozde doninha balançou a cabeça, como se concordasse. — E, como disse, não me surpreende. Uma garota sem eira nem beira, que simplesmente surge aqui vindo Deus sabe de onde e desaparece alguns dias depois, sem deixar rastro. Isso tudo é muito suspeito, para dizer o mínimo.

Mila apertou ainda mais as mãos de Irene, forçando seus braços para baixo, quando ela tentou se levantar.

— Quero dizer, é claro que a pobrezinha não precisava acabar morta dessa maneira — continuou ele, balançando a cabeça. — É um crime desprezível, mas quem procura, acha.

Aquilo foi demais e Irene se levantou num rompante, quase derrubando Mila.

— Creio, Sr. Shaw — sibilou ela, — que poderia guardar esse rancor para o assassino.

E, dito isso, ela deixou o recinto. Mila se levantou, fez uma mesura apressada para o Sr. e a Sra. Shaw, que pareciam muito assustados, e seguiu atrás de Irene.

— Senhorita Iren--?

— Agora, não — rosnou Irene, subindo as escadas com os passos duros, enquanto o seu drozde coruja voava logo à sua frente. Pouco depois, Mila a ouviu bater e trancar a porta.

Sem outra opção, a garota se refugiou na sala de leitura.

Irene desceu as escadas na hora do jantar, quando uma sineta estridente ecoou pelas paredes de Kinbrace. Ela havia trocado as roupas de viagem por um vestido grosso, de um tom verde escuro. Encontrou com Mila na ponta da escada e sorriu para a garota, num pedido mudo de desculpas.

— Que bom que se recuperou da dor de cabeça, *tia*. Estive lendo um livro interessante. Tenho certeza de que iria gostar dele.

As palavras em código saltaram em sua mente: LIVRO – GOSTAR. Ela obtivera informações de alguém.

— Após o jantar, sobrinha — ela disse, tomando a frente no corredor e seguindo até o fim.

A sala de jantar era, com certeza, o maior aposento do hotel. Uma grande mesa retangular ocupava boa parte do recinto, com cerca de doze cadeiras ao seu redor, sendo que apenas sete estavam ocupadas naquele momento. Quadros de natureza morta estavam pendurados nas paredes caiadas e um fogão esturricado aquecia o ambiente, fazendo subir ondulações de luz alaranjada. Ao lado da porta, havia um aviso pitoresco pendurado, provavelmente retirado de algum pub, datado de 1786. Entre os vários pedidos, como a proibição de rinha de galos, exigia-se que todas as pederneiras, porretes, punhais e adagas deveriam ser entregues para o estalajadeiro. Irene sorriu. Somente ela poderia encher uma sacola.

Ela passou os olhos por entre os presentes. O Sr. e a Sra. Shaw estavam sentados juntos e a cumprimentaram brevemente, virando-se para o hoteleiro, que ocupava a ponta da mesa. Ao seu lado estava uma mulher magra, de rosto recurvado. Provavelmente, era a Sra. Penderglast. Um drozde pica-pau jazia em seu ombro.

Como já esperava, havia mais um casal hospedado ali e, por fim, um homem solteiro. Esse último tinha um rosto muito branco e grandes olhos avermelhados, o que lhe dava a aparência de um menino. O seu drozde camundongo escorregou para o colo quando o albino se levantou no que deveria ser um gesto elegante, mas que saiu profundamente desajeitado. Ele derrubou o seu copo de vinho e uma mancha vermelha se espalhou pelo linho alvo, causando um ricto de desgosto na Sra. Penderglast.

— Oh, mil desculpas — disse ele, tentando voltar-se para o hoteleiro, mas sem deixar de olhar para Irene, a qual não havia cumprimentado decentemente e, novamente, para a ponta da mesa para se explicar com a Sra. Penderglast, o que lhe fez parecer que estava acompanhando alguma partida imaginária de tênis.

— Eu... eu...

— Sente-se, Sr. Patel — disse a Sra. Penderglast, com uma voz áspera. — Antes que acabe quebrando mais alguma coisa.

— Ora, querida, foi só um acidente — contemporizou o Sr. Penderglast, mas a sua voz reduziu-se a um sussurro assim que ela lhe encarou.

— Não se meta nisso, Abel. Sou eu a cuidar dessas coisas, não é? E das contas dessa casa e tudo o mais — cortou ela, com a voz azeda.

O Sr. Penderglast abriu um sorriso constrangido e tomou um gole do seu vinho com os gestos nervosos. Irene fez uma menção rápida e polida ao Sr. Patel, que se sentou, batendo com o joelho no tampo da mesa e quase derrubando o copo outra vez. O seu drozde camundongo desapareceu de vez, escondendo-se no interior do paletó. A Sra. Penderglast girou os olhos para o alto enquanto o seu pica-pau mecânico batia no encosto da cadeira.

Pouco depois, Irene foi apresentada ao Sr. e a Sra. Hayes, de Londres. Eram clientes antigos e aquela era a terceira vez que se hospedavam em Kinbrace. O Sr. Hayes, que operava no Câmbio Real, apreciava o local isolado, longe dos corretores, banqueiros e investidores que se aglomeravam todos os dias para negociar milhares de libras em questão de segundos. Os seus nervos estavam constantemente em frangalhos, explicara-lhe a Sra. Hayes, em um tom baixo. Irene concordou, olhando para o rosto pálido do sujeito, que parecia refletir no seu drozde esquilo, que já vira dias melhores. O pobrezinho precisava trocar as engrenagens. Uma das suas pernas mancava de lado e, seguidamente, era auxiliado pelo drozde ratinho da Sra. Hayes.

A comida foi servida por uma cozinheira muito jovem, que não deveria ser mais velha que Nora. Ela ofereceu-lhes chouriço, sopa, um peixe assado e dois tipos de pudim, além de saladas verdes. Enquanto o jantar era servido, a conversação lentamente voltou ao normal.

Como já esperava, o albino comia em silêncio. Ele se apresentou brevemente como Elliot Patel, seu criado, mas depois do papelão que fizera, o sujeito preferiu se concentrar unicamente na comida, mal erguendo os olhos do prato. Irene não tinha ideia de onde vinha ou o que fazia. Suas roupas eram razoavelmente novas e boas e seus gestos eram simples. Poderia ser um advogado, escriturário, contador ou professor em alguma escola particular do interior. Seus dedos eram grandes e suas unhas, bem cortadas. Certamente, não ganhava o pão do dia a dia envolvido em trabalhos manuais. Mas, fora isso, não havia base para mais nada.

Irene resistiu à tentação de mencionar Nora durante o jantar. Com o que descobrira, sabia que precisava de mais informações antes de discutir sobre a garota na frente do hoteleiro e sua mulher. Eles poderiam estar envolvidos na trama.

Naquele momento, Irene não poderia descartar nada nem ninguém.

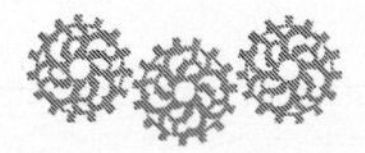

— Então, o que descobriu? — perguntou Irene, quando estavam sozinhas no quarto.

— Fiquei um tempo na sala de leitura — disse Mila, com tato. Ela não mencionou o fato de que precisara ficar ali por causa do rompante de Irene e tampouco Irene lhe deu abertura para falar sobre o assunto. — O suficiente para entreouvir uma conversa do Sr. e da Sra. Hayes.

— O corretor e a mulher — disse Irene. — O que foi?

— Pelo que entendi, ela quer ir embora, mas ele insiste em permanecer até o fim da estadia.

Aquilo acendeu um sinal de alerta em Irene.

— Por que ela quer ir embora?

— Por causa de Nora — disse Mila. — Ela disse que não está conseguindo dormir direito desde que a garota... bem, desde o que aconteceu.

— Não posso culpá-la por isso — murmurou Irene. Afinal, ela mesmo mal dormira poucas horas desde que Nora desaparecera.

— Mas o Sr. Hayes insiste em ficar. Diz que pagou adiantado pelos dias e não quer desperdiçar o dinheiro.

— Mesquinharia — rosnou Irene. — Prefere ver a mulher sofrer do que desperdiçar alguns cobres. Mas não imagino que seja isso que tenha chamado a sua atenção.

— Não — disse Mila, com um sorriso de gato. — Na verdade, o que chamou a minha atenção foi a forma como a Sra. Hayes mencionava Nora. Ela parecia estar com raiva dela.

Irene ergueu uma sobrancelha. Seu drozde coruja voou até o seu ombro e bicou sua orelha de leve.

— Algum motivo em particular para ela não gostar de Nora?

— Não que eu pudesse compreender — disse Mila.

Aquela era uma anomalia e era justamente isso que ela buscava ali. Se quisesse descobrir quem matara Nora, era preciso saber o que acontecera em Kinbrace nos últimos dias.

— Está com a sua adaga?

Mila respondeu simplesmente passando a mão nas mangas.

— Nunca saio de casa sem ela.

— Ótimo. Estamos em busca de um assassino. Fique de olhos abertos.

— Sim, senhora.

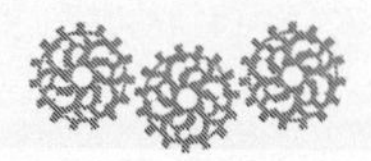

Pela manhã, Irene voltou a abrir as cortinas do quarto. A visão da janela incluía alguns jardins ressequidos pelos rigores do inverno e um pequeno lago circular, com uma ilhota no meio. Alguns patos de uma penugem amarelo-escura nadavam por ali, mergulhando nas águas geladas. Uma fina camada de orvalho congelado cobria todos os campos.

A visão idílica foi quebrada pela presença marcante da Sra. Penderglast, que saiu pela porta dos fundos e seguiu até um pequeno barraco com um machado nas mãos. Ela pegou alguns tocos e começou rachar a lenha, enquanto seu drozde pica-pau ficava empoleirado no teto da pequena construção.

Irene cobriu os ombros com um xale pesado e calçou as botas antes de descer as escadas. Seguiu pelo corredor até a sala de jantar vazia e continuou, entrando numa pequena e abafada cozinha. A garota, que se chamava Holly, estava muito atarefada preparando o café da manhã e não a notou se esgueirar até a porta dos fundos. Seu drozde vespa a encarou por um momento. Mais tarde, mandaria Mila falar com ela. Tinham praticamente a mesma idade e imaginava que ela se abriria mais fácil com ela.

O vento lhe queimou as faces assim que deixou as grossas paredes de Kinbrace para trás. Não era difícil entender por que a Sra. Penderglast tinha a pele do rosto queimada, com aquela aparência desgastada das pessoas que passavam muito tempo expostas aos elementos da natureza. Era assim com os marinheiros também e com boa parte dos agricultores. Irene tossiu. Não queria se aproximar de forma silenciosa de uma mulher ranzinza com um machado afiado nas mãos. Se havia alguém que imaginava não ter nenhum pudor em usar a violência de forma ocasional, era a Sra. Penderglast.

— Bom dia, Sra. Penderglast — disse Irene, com um gesto amigável.

Ela lhe respondeu com um olhar desconfiado antes de acertar uma nova machadada em um toco, partindo-o em duas lascas. Então, se virou novamente para Irene.

— Os hóspedes não costumam levantar tão cedo por aqui — ela comentou. — Têm medo do frio, imagino.

— É frio, mas é silencioso.

A Sra. Penderglast concordou.

— Gosta da solidão, Srta. Young?

Irene ficou surpresa pela pergunta. O tom de voz dela era quase amável. Havia mais camadas embaixo daquela mulher do que imaginara.

— Às vezes, ela é necessária — respondeu Irene, de forma cautelosa. — Para termos tempo de pensar sobre nós mesmas.

Ela soltou uma risadinha que soou à Irene um tanto debochada.

— Ouço muito disso por aqui — ela disse, começando a catar as achas de lenha e depositando-as em um grande cesto de vime. — Gentes de todas as partes, em busca de algum tipo de paz interior. Mas aqui só tem desolação e frio.

Irene achou aquele comentário estranho para alguém que parecia viver de atrair pessoas que buscavam alguns dias de confinamento.

A Sra. Penderglast terminou de encher o cesto e o levantou. Ela era pequena, mas muito forte. Forte o suficiente para dominar uma garota voluntariosa como Nora, pensou Irene.

— Eu e meu marido compramos esse lugar num acesso de loucura, creio eu. Tentamos tirar algum dinheiro daqui, mas não é fácil — disse ela, com os olhos duros. — Nunca quis me tornar uma mulher de negócios, mas a vida faz da gente o que ela quer.

Ela avançou para a casa e Irene a acompanhou.

— Decerto conta com algum tipo de ajuda, não? — perguntou Irene, tentando manter a voz displicente.

A Sra. Penderglast grunhiu.

— É claro — resmungou ela. — Não posso fazer tudo sozinha e Abel adquiriu uma lombalgia crônica nos últimos anos. Ele já não era de grande auxílio antes, mas a doença o tornou um imprestável.

Irene ignorou a grosseria e insistiu.

— E somente a garota da cozinha trabalha aqui?

— Garotas são caras — disse ela. — Não temos como manter mais ninguém.

— Ela acabou de chegar, não? — disse Irene.

— Sim — admitiu a Sra. Penderglast, olhando desconfiada para Irene. — Chegou há apenas alguns dias.

— Substituindo outra garota?

A Sra. Penderglast largou o cesto de vime na frente da porta.

— O que quer dizer com isso? Por que todas essas perguntas?

Irene ficou em dúvida sobre o quanto deveria abrir o jogo. Poderia tentar fazer-se de inocente, mas achou difícil que pudesse convencê-la disso. Tentou outra estratégia.

— Estou viajando com a minha sobrinha.

— Sei disso — respondeu a mulher, com a voz ríspida.

— E preciso saber se devemos nos preocupar. Por causa das notícias, digo.

— Que notícias?

— A senhora não sabe? — perguntou Irene. — Sobre a garota encontrada degolada há poucos quilômetros daqui.

A Sra. Penderglast fechou a cara e torceu as mãos rapidamente. Era óbvio que ela sabia e a suposta preocupação de Irene não era algo leviano. Se havia algo de que a Sra. Penderglast não poderia ser acusada, era de leviandade. Dessa forma, sentiu-se obrigada a responder, exatamente como Irene imaginava.

— Sim — disse ela, com a voz cautelosa. — Mesmo aqui, nesse fim de mundo, ficamos sabendo. O Sr. Robson, de Catlowdy, faz entregas semanais todos os sábados e nos comentou alguma coisa.

— Achei que a polícia tivesse aparecido para investigar — disse Irene, forçando ainda mais. — Afinal, o que dizem em Catlowdy é que a garota trabalhava aqui.

As faces da Sra. Penderglast se tornaram subitamente ainda mais vermelhas. Sua voz cortava tanto quanto o vento.

— Por alguns dias, apenas. Mas ela não se adaptou e pediu para ir embora. Ela partiu e nunca mais a vimos. Foi o que dissemos à polícia.

— Ah, sim — disse Irene. — Nem todos se acostumam à solidão, não é?

— Creio que não — disse a Sra. Penderglast.

— E ela partiu sozinha? *A pé?*

— Sim — disse ela, com relutância.

— Ela não ficou com medo?

— Não posso falar por ela — disse a mulher. — Mas não há nada aqui para ter medo. Esses campos são completamente desolados. Não é raro você ir até Catlowdy e não encontrar alma viva no caminho.

Aquilo era verdade, mas a partida súbita de Nora não lhe convencia.

— Mesmo assim, é uma viagem e tanto para se fazer a pé e sozinha.

— Não era a mãe da menina — respondeu a Sra. Penderglast. — Não tinha como impedir que ela fosse embora, não é? Esse é um país livre.

Irene assentiu e se calou. Não tiraria mais nada da Sra. Penderglast. Pelo menos, não agora. Precisava de mais informações.

A hoteleira abriu a porta e a segurou para que Irene entrasse. O calor opressivo da cozinha agarrou-se à sua pele, fazendo-a suar imediatamente por debaixo dos xales e vestido. Não era de se admirar que a garota Holly cozinhasse de mangas curtas.

Irene deixou a Sra. Penderglast passando suas ordens com rispidez e seguiu pelo corredor. Ouviu passos solitários na escada, que se seguiram à figura alta e esguia do Sr. Patel.

— Ah, bom dia, senhorita — disse ele, em tom formal e um tanto constrangido. Ele vestia um terno elegante e quente, mas de um tom muito escuro que quase poderia se confundido com um smoking. O seu drozde camundongo estava empoleirado no bolso do paletó, observando tudo com atenção.

— Bom dia, Sr. Patel — disse ela. — Como está?

— Hã... É... Hum... Bem, acredito — disse ele, depois de um momento. — O café não deve estar pronto, imagino — ele acrescentou, olhando em direção à Sala de Jantar.

— Não — disse Irene. — Estive aproveitando o ar puro da manhã.

— Ah, sim, há muito disso por aqui, não? — disse ele, baixando o tom de voz e pescando os óculos para limpá-los em um gesto nervoso. — Quero dizer, ar puro e esse tipo de coisa. É o que todos buscamos, não é? Sim, é isso.

Irene imaginou que se havia alguém que precisava de um pouco de sossego era o Sr. Patel. Mas ele estava aqui quando Nora trabalhara no hotel e poderia ter visto alguma coisa.

— Mas nunca estamos, realmente, afastados de tudo, não é mesmo?

Ele a encarou, com uma expressão de incompreensão no rosto.

— Digo, depois que a aquela garota foi encontrada morta aqui perto, eu imagino que seja impossível nos livrarmos de toda a violência das cidades grandes.

O Sr. Patel fez uma careta nervosa.

— Uma tragédia, de fato — disse ele, voltando a limpar os óculos. Se continuasse assim, ele acabaria desgastando as lentes, pensou Irene.

— Fiquei sabendo que ela trabalhava aqui — comentou Irene.

— De fato, de fato — murmurou o Sr. Patel. — Arrumava as camas, varria o chão, essas coisas, sabe?

— Chegou a conhecê-la?

— Deus me livre, não — disse ele, com um ar apavorado. Então, suas faces adquiriram um tom róseo, mesmo sob as faces alvas. — Digo, não quero parecer desrespeitoso, nem nada, a pobre garota falecida e tudo o mais... Mas não soaria de bom tom conversar com uma garota desacompanhada, mesmo sendo uma serviçal, compreende?

Irene assentiu.

— Eu me pergunto por que ela teria ido embora — ela comentou, casualmente. — Deixar o hotel, assim, sem mais nem menos, e ir sozinha para a cidade por esses descampados... Me parece uma atitude estranha.

— Tola, eu diria — disse o Sr. Patel, com mais firmeza. — As meninas de hoje não parecem compreender o mundo em que vivem. Loucos. Homicidas. Ladrões. Estrangeiros de todas as partes. O nosso país está infestado de maníacos dos mais diversos tipos.

— É o que acha que aconteceu com ela, Sr. Patel? Encontrou um louco que a matou?

A sugestão pareceu chocar o sujeito, que se encolheu junto à parede.

— Bem, qual seria a alternativa? — ele disse, na defensiva. — A pobre garota não tinha dinheiro para ser assaltada. Claro que há outras prendas que alguns tipos de maníacos buscam — disse ele, com as faces cada vez mais avermelhadas. — Mas a Sra. Penderglast disse que não havia indícios de... hã... de...

— Assalto sexual.

O Sr. Patel encolheu-se mais uma vez ao ouvir as palavras e apenas balançou a cabeça, concordando. Gotas de suor surgiram em suas faces. Ele suspirou fundo e levantou as faces.

— Mas isso não é assunto para uma manhã fria como essa — ele comentou. — O nosso coração já está gelado o suficiente.

Como uma pedra de gelo, pensou Irene, sem verbalizar.

Ela abriu um sorriso indulgente antes de subir os degraus, deixando o Sr. Patel respirando fundo. Logo depois, ele seguiu até a Sala de Leitura.

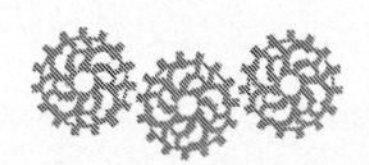

Quando Irene e Mila desceram para o café da manhã, a Sra. Penderglast não estava presente. Não havia lugar posto para ela, o que indicava que aquele estava longe de ser um arranjo incomum. Com a ausência da esposa, o Sr. Penderglast parecia bem mais disposto e comunicativo, conversando animadamente tanto com o Sr. Shaw quanto com o Sr. Hayes. O albino permanecia ao lado das duas senhoras. Os modos afetados do Sr. Patel pareciam combinar mais com as xícaras de chá do que com os charutos e o café pós-almoço, pensou Irene.

Quando a garota Holly começou a recolher as louças, todos se levantaram. Irene e Mila se demoraram um pouco mais, observando os demais se afastarem. Com um soerguer de sobrancelhas, Irene fez um sinal para Mila, apontando o casal Shaw. A garota entendeu o recado e seguiu porta a fora, enquanto ela própria se refugiava na Sala de Leitura. O fogo estava alto e convidativo e ela seguiu até a lareira, ignorando propositadamente o Sr. e Sra. Hayes, que estavam em um sofá próximo.

— Oh, mil perdões — disse ela, virando-se como se os visse pela primeira vez. — Não queria perturbá-los.

— Não está nos perturbando, longe disso, senhorita — disse a Sra. Hayes, amavelmente. — Sempre descansamos um pouco aqui após o café da manhã. Essas refeições são muito pesadas, não acha?

Irene concordou com um aceno, procurando algum ponto de conexão com aquela mulher que lhe permitisse uma abertura. Então, ela notou que ela mirava, de tempos em tempos, para a fotografia que jazia em cima da lareira. Era uma garota de uns onze anos, muito pálida. Irene havia notado a fotografia no primeiro dia, mas não prestara atenção nela. Agora, se aproximou e a segurou com delicadeza, observando a falta de expressão e, é claro, os olhos frios.

Ela quase deixou cair a fotografia no chão quando a reconheceu. Era uma foto post-mortem, uma das excentricidades dos seus conterrâneos, que havia ganho o mundo nos últimos anos. Apesar da tecnologia da reprodução fotográfica ter avançado muito, tirar um retrato ainda era um passatempo para poucos. Combinada com as altas taxas de mortalidade infantil, se criou a oportunidade perfeita para a expansão da mórbida atividade de fotografar os mortos, uma forma mais barata para as pessoas com poucas condições financeiras conseguirem imortalizar seus entes queridos mortos.

E só havia uma única razão para que uma fotografia dessas estivesse em Kinbrace.

— É a filha da Sra. Penderglast? — perguntou, em voz baixa.

— Sim — confirmou a Sra. Hayes, levantando-se. Ela foi até a lareira e pegou delicadamente a fotografia das mãos de Irene. — Ela morreu dois anos antes da nossa primeira vez no hotel. Um acidente doméstico, foi o que ela me disse.

Ela levantou os olhos para Irene.

— Mais tarde, descobri que a pobrezinha se engasgou durante o café da manhã. A Sra. Penderglast estava no lago e nenhum dos presentes conseguiu acudi-la. A cozinheira da época saiu correndo para chamá-la, mas já era tarde demais.

Irene assentiu. O pequeno mistério do desaparecimento da Sra. Penderglast naquela manhã tinha um motivo, afinal. Tentou imaginar, por um momento, como ela se sentira. Não estivera ali para acudir a filha. Como conseguia se levantar, todos os dias? Como ela *conseguia*?

— A senhorita tem filhos? — perguntou a Sra. Hayes.

Irene balançou a cabeça.

— Não. E a senhora?

O sorriso da mulher se abriu.

— Dois — disse ela. — Anthony está na Marinha Mercante e Asher é financista e trabalha com o pai — ela concluiu, olhando para o marido, mas o Sr. Hayes não respondeu pois ressonava tranquilamente no sofá.

A sua esposa fez um gesto cansado com a cabeça e Irene correspondeu com um sorriso.

— Nenhum lugar é longe demais para que os longos braços da tragédia não nos alcance — comentou ela.

A Sra. Hayes lhe encarou por um momento até que uma expressão compreensiva instalou-se em seus olhos.

— Está se referindo à jovem dama degolada, imagino.

— Sim — disse Irene, tentando parecer displicente. — Não imaginava que tais coisas pudessem acontecer nesse lugar. Digo, o caso da filha da Sra. Penderglast...

— Miriam — disse a Sra. Penderglast. — O nome dela era Miriam.

Irene agradeceu.

— Miriam, então. Um bonito nome. De qualquer modo, é uma tragédia. Lamentável, mas é um acidente que pode acontecer em qualquer lugar. Mas o ataque àquela pobre garota inocente...

— Não sei se usaria o adjetivo *inocente* tão levianamente.

Irene ergueu uma sobrancelha e a Sra. Hayes se virou para trás, como que para ter certeza de que o marido continuava dormindo. Um ronco mais grave lhe deu toda a certeza de que necessitava.

— A senhorita não a conhecia, é claro...

Irene abriu um sorriso tenso. Era óbvio que ela conhecia Nora muito mais profundamente do que qualquer um embaixo daquele teto. Mesmo assim, não conseguira ajudá-la, pensou, com rispidez.

— E imagino que saiba que ela foi embora, sem mais nem menos — continuou a Sra. Hayes.

— Foi o que eu ouvi, de fato — disse Irene, cautelosa.

— Mas, na verdade, ela seria mandada embora.

— *Verdade*? A Sra. Penderglast lhe confidenciou alguma coisa?

— Não, não, não — disse a Sra. Hayes, rapidamente. — Ela nunca conversou comigo sobre essas coisas. Ela é bem reservada, a Sra. Penderglast.

Aquilo combinava com o que a própria Irene achava da hoteleira e, por isso, ela assentiu mais uma vez.

— Mas o comportamento da garota era tão escandaloso que não havia outra atitude a ser tomada.

Irene colocou a mão no peito, como se estivesse em choque.

— Algum... hóspede? — perguntou, evasiva.

— Não sei, de fato — disse a Sra. Hayes. — Mas todos nós sabíamos que ela estava se encontrando com alguém no barracão, às altas horas da noite. Uma vez, ela foi pega pela própria Sra. Penderglast. Bem, os seus berros foram ouvidos por todo o hotel. Ela não é uma pessoa discreta, quando quer.

— Imagino que sim.

— A garota disse que não havia ninguém com ela, mas a Sra. Penderglast jura que ouviu vozes. Ela revistou o local, é claro, mas não encontrou ninguém. Depois disso, a relação entre as duas azedou de vez.

Irene concordou com um aceno.

— Duas noites depois, ela voltou ao barracão. Eu mesmo a vi, pela janela.

Irene a encarou.

Acordei durante a madrugada. Não é muito fácil dormir com o Sr. Hayes, se é que me entende.

Irene ouviu o novo ronco do Sr. Hayes atravessar a sala como um trem e concordou.

— Resolvi tomar uma das pílulas que o Dr. Lloyd me receitou. São milagrosas. Durmo como pedra. Se quiser, posso lhe arranjar algumas. Sei que o seu quarto é ao lado do meu e...

Ela parou, constrangida, mas Irene tratou de eliminar essa preocupação da sua mente.

— Estou dormindo muito bem, obrigada — mentiu. Afinal, não

estava dormindo há vários dias, mas isso não tinha nenhuma relação com os roncos do pobre Sr. Hayes.

— De qualquer maneira, fui até o toucador para pegar as minhas pílulas quando, pela fresta da janela, percebi um vulto se esgueirar do lado de fora. Não sou chegada a fofocas e tenho horror a me meter na vida alheia, mas aquilo me pareceu suspeito, não é mesmo? E se fosse um ladrão?

— Uma atitude perfeitamente compreensível — disse Irene, incentivando-a continuar.

A Sra. Hayes abriu um sorriso aliviado.

— Me aproximei da janela e abri levemente a cortina para espiar do lado de fora. E não fiquei muito espantada ao perceber que era a tal Nora que seguia até o barracão. Ela se refugiou lá por uns quinze minutos e, depois, retornou ao prédio.

Irene não deixou que o sorriso que lhe brotou na mente chegasse até as faces. Para quem não parecia estar interessada na vida alheia, quinze minutos esperando em uma janela era um tempo relativamente longo. Mas imaginou que aquela história não terminara ali.

— Alguém deixou o barracão?

Ela franziu o cenho.

— Não — resmungou a Sra. Hayes, com um sentimento de quem já havia reconhecido a própria derrota. — Fiquei um tempo ali, quase uma meia hora ou mais e... bem, acabei ressonando.

— Perfeitamente compreensível.

— O meu marido acordou um tempo depois e me chamou, perguntando o que eu estava fazendo. Voltei para a cama, já estava tarde, entende? E o remédio estava fazendo o seu efeito.

— É claro — disse Irene, pensativa.

A expressão dela foi mal compreendida pela Sra. Hayes.

— Tenho certeza de que era *ela* no barracão — disse, apertando os olhos. — O efeito do remédio não é tão imediato assim. Era a garota Nora no barrac...

A porta se abriu num rompante quando o Sr. Patel tropeçou para dentro, com o Sr. Shaw logo atrás. A Sra. Hayes deu um pequeno salto, agarrando-se no braço de Irene. O seu marido soltou um novo ronco.

— Oh, meu Deus — disse Patel, de gatinhas, procurando os óculos no chão às apalpadelas. — Mil perdões.

— A culpa foi toda minha — disse o Sr. Shaw, ajudando o pobre homem a se levantar, antes de virar-se para as duas senhoras. — Estávamos conversando na escada quando tropecei. O Sr. Patel foi muito gentil ao tentar me aparar, mas acabei derrubando-o.

Patel espanou o pó das roupas e fez um aceno tímido para Irene e a Sra. Hayes antes de fazer uma nova mesura e deixar o local, ainda se desculpando.

— Hã... Quê?

Todos se viraram para o Sr. Hayes, que esfregava os olhos.

— O que aconteceu?

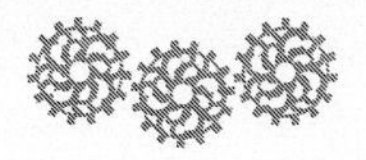

Naquela noite, após o jantar, a Sala de Leitura estava lotada. Entre os sete hóspedes e os dois proprietários, quase não havia espaço para se movimentar. Os drozdes piavam e se esgueiravam pelos cantos, mas até os pobres animais mecânicos pareciam não saber muito bem como se comportar na sala acanhada.

O drozde coruja de Irene pousou em seu ombro esquerdo, chacoalhou as asas de metal e seguiu até o outro ombro para se empoleirar.

A mensagem era clara. PERIGO – ARMA.

Irene bebericou do seu copo e olhou para Mila, que também havia entendido o recado. Ela piscou os olhos por duas vezes e a garota virou-se, com um sorriso no rosto. Aquela pequena reunião antes de recolherem-se aos seus quartos acabara de ganhar vários graus de importância.

Alguém trouxera uma arma até ali. Quem? E por quê? Seria uma reação de prudência ao ocorrido à pobre Nora ou denotava algo mais sinistro? O assassino — *ou assassina* — fizera o seu trabalho sujo quando se sentiu perfeitamente confortável, longe de olhares alheios e oculto pela escuridão. Mas isso não queria dizer que sempre seria assim. Estava lidando com uma pessoa desconhecida e não poderia descartar nada. E uma arma, mesmo portada por um incauto, ainda assim era algo perigoso.

Precisava encontrá-la. Saber a quem pertencia. O seu drozde era bem treinado, mas não poderia lhe fornecer todas as respostas.

Ela se aproximou pelas costas da Sra. Hayes. Sob a pressão do seu olhar, ela voltou-se.

— Ah, senhorita Young. Um pouco frio essa noite, não?

Sim, pensou Irene. A noite estava fria e prometia ficar ainda mais fria antes que acabasse. Mas aqueles eram planos futuros. Por enquanto, tinha uma tarefa a cumprir.

A Sra. Hayes tagarelava algo sobre um dos pratos da noite — um ensopado notadamente gorduroso, cujas raspas poderiam ser utilizadas para produzir sabão, se necessário. Enquanto ela falava,

Irene observava a todos, tentando captar algum movimento ou volume que pudesse indicar a presença da arma. Do outro lado, Mila conduzia a sua própria revista. Ela a observou por um momento. Sem dúvidas, melhorara muito, mas, ainda assim, havia um ou outro detalhe que precisavam ser aperfeiçoados. Uma insistência demasiada no olhar, um toque por alguns segundos além do necessário. Em uma conversa, era possível vasculhar as roupas e bolsos do seu interlocutor inúmeras vezes. Só era preciso ter paciência.

Subitamente, a voz de Mila se tornou mais aguda. Para qualquer outro, seria muito difícil notar a diferença, mas Irene a treinara e sabia exatamente o que estava acontecendo. Ela encontrara a arma.

Estava na hora do show.

Irene havia pensado em pelo menos meia dúzia de estratégias, se fosse necessário. Optou pela que produziria o maior efeito, já que estava com o copo ainda meio cheio.

Com um olhar de educado interesse, ela virou-se para a Sra. Hayes, a presenteou com meia dúzia de comentários inócuos e, então, pediu licença. Na sala estreita, não era fácil movimentar-se e a Sra. Hayes era uma mulher roliça e um tanto quanto inabalável. Não foi particularmente difícil enroscar o sapato alto no longo vestido da mulher e fingir um tropeção. Irene jogou o corpo à frente, deixando cair o copo na lareira.

As chamas imediatamente explodiram e um vento abafado e quente varreu a sala, atraindo gritos de medo e espanto. A Sra. Hayes deu um passo para trás e caiu, parecendo levar um tempo muito longo antes de esparramar-se na poltrona logo atrás dela. O Sr. Hayes deu um salto em direção à esposa e acabou derrubando o pobre Sr. Patel no caminho. Desequilibrado, o albino tentou agarrar-se ao

Sr. Penderglast, que abriu um ricto de dor quando sua coluna foi forçada para trás. Enquanto isso, o drozde pica-pau da Sra. Penderglast rodopiava perto do lustre, sendo perseguido pela coruja de Irene e a o pardal mecânico de Mila.

No meio desse pandemônio, Irene jurou que viu Mila sorrir. Precisava lhe chamar a atenção sobre isso. Levar a cabo um plano bem executado era algo; conseguir escapar ileso era uma coisa completamente diferente.

Entre risos amarelos e expressões assustadas, os presentes conseguiram recompor-se. Irene pediu inúmeras desculpas, mas mesmo a Sra. Penderglast pareceu concordar que tudo não passara de um acidente e que precisavam regozijar-se com o fato de que ninguém saíra ferido.

O Sr. Hayes serviu uma nova rodada de bebidas e Mila se aproximou de Irene com dois copos na mão.

— Tudo certo? — sibilou Irene, com o canto da boca.

— Suave como roubar um doce de bebê.

— Bebês choram ao serem perturbados — disse Irene, erguendo uma sobrancelha e lançando um olhar ao copo. — Não exagere. Temos trabalho essa noite.

Mila concordou.

Todos os hóspedes recolheram-se algum tempo depois. Com saudações de boas-noites, Irene e Mila foram até o próprio quarto, mas não colocaram os longos pijamas. Ainda havia uma última tarefa a ser realizada naquela noite.

Para não despertar suspeitas, elas apagaram os lampiões e permaneceram deitadas na cama pelas próximas horas.

A pontada atingiu o seu estômago quando Irene tentou levantar-se. Por um momento, sentiu-se tonta e precisou sentar na cama. Havia contado as horas até a segunda badalada, como combinara com Mila, mantendo-se em um estado de semi-sonolência que aprendera com o amigo Detetive de Londres. A dor lhe atingiu mais uma vez e desapareceu.

— Algo errado? — sussurrou Mila, enquanto calçava as botas.

Irene apertou a barriga, mas não encontrou nenhuma pontada.

— Não — disse ela, levantando-se, aliviada pelo desaparecimento da dor.

Em silêncio, elas seguiram até a porta, entreabrindo-a apenas o suficiente para que pudessem passar.

Ao alcançar a escada, a sensação de mal-estar retornou. O que estava acontecendo? Sua visão tornou-se turva e sua respiração parecia pesada. Seria o sono perdido nos últimos dias que cobrara a sua conta? Ou seria algo a mais?

Mila segurou-lhe o braço, sem abrir a boca. Não era necessário, pois Irene sabia muito bem o que a garota queria. Mas não poderia voltar atrás. Era necessário vasculhar o barracão. Precisava ver... ver com seus olhos. Descobrir...

Descobrir o quê?

Seus pensamentos não pareciam seguir uma linha clara. Eram tortuosos. Nora. Por que viera para cá, minha garota? O que estava fazendo aqui? Com quem se encontrava?

Quase cambaleando, Irene arrastou o próprio corpo até a cozinha. Mila adiantou-se e abriu a fechadura simples em apenas meia dúzia de segundos. Irene permitiu-se um sorriso. Ela era boa. Muito boa. Assim como as suas garotas. Todas elas. Suas garotas. Suas filhas.

Saiu. O ar frio noturno atingiu-lhe e ela sentiu um espasmo e começou a suar. Por algum motivo, ela sabia que aquilo não eram espasmos de frio. As névoas se enrodilharam perto dela, formando braços musculosos antes de se afastar. Há algo errado, pensou. Muito errado.

— Irene--?

Ela virou-se para Mila.

— Fui envenenada — disse, e a consciência daquela afirmação lhe atingiu no momento em que ela verbalizou.

Mila segurou-lhe os braços, assustada.

— Estou bem — disse Irene, segurando-se no batente da porta. — Acho que as minhas providências deram certo, afinal.

Mila assentiu, mas manteve o olhar preocupado. Irene, assim como todas elas, bebiam regularmente doses de vários antídotos para os mais importantes e comuns venenos utilizados pelos inimigos do Comitê. Não era o suficiente para barrar todos os sintomas, mas, pelo menos, os tornava inócuos como arma de assassinato.

Irene testou o próprio hálito, mas não reconheceu nada. O cianeto tinha o odor amargo de amêndoas, mas o arsênico não tinha gosto ou odor, tornando-o um veneno traiçoeiro. Doses pequenas poderiam causar vômitos, diarreia e desidratação, mas raramente causavam alucinações. Não, fosse o que fosse que tivesse ingerido, a substância era mais próxima dos opioides do que os venenos clássicos.

— Você precisa ir até lá — disse Irene, apontando vagamente para o barracão. — Descubra... o que há... para ser descoberto. Vá.

— Tem certeza? — perguntou Mila, arrependendo-se logo em seguida. Irene nunca dava uma ordem sem ter a mais absoluta certeza do que estava fazendo.

Irene sentiu o ombro encostar na porta e, por um momento, sua fraqueza diminuiu.

— Vá — disse ela. — Quanto antes terminar, antes... podemos voltar para o quarto.

Mila concordou. Era um plano lógico, mesmo que estivesse relutando em deixar Irene para trás. Mas não havia jeito. Quando Irene colocava algo em sua cabeça, era impossível demovê-la.

Ela afastou-se, ainda olhando para trás, enquanto atravessava os campos níveos e aproximava-se do velho barracão.

Irene sentiu um formigamento estranho no estômago, enquanto seu corpo lutava contra os efeitos da droga. Quanto mais forçava os olhos para a névoa, mais ela começava a vislumbrar formas nela. A névoa se contorcia e enrolava-se ao seu redor, parecendo formar figuras monstruosas, rostos e cães espectrais. Cada uma parecia estar lá apenas por um instante fugaz antes de desaparecer para sempre. Ela sabia que estava delirante, mas não conseguia se livrar das ilusões ou mesmo da palpitação que lhe subia pelo peito. Seria ópio? Haxixe? Ou mesmo a mescalina, uma droga obtida de vários cactos e que era popular entre os seus primos do além-mar?

Os seus pensamentos misturaram-se mais uma vez e ela se viu andando por Londres, atrás de uma figura feminina que afastava-se. Ela acelerava o passo, pois precisava falar com ela. Precisava pará-la. Mas a garota sempre estava um passo à frente, sempre esgueirando-se por entre os transeuntes. Ela pediu licença para um homem e um grito escapou da sua garganta ao perceber que não era um homem, de fato. Não havia olhos, boca ou nariz. Eram pessoas sem rosto. Uma multidão de ninguéns que pareciam acotovelar-se, cada vez mais próximos de Irene, impedindo-a de se aproximar da garota.

A garota.

A garota de cabelos vermelhos. De sardas e fita azul cobalto.

Nora.

Seu corpo contorceu-se e ela voltou para as terras do norte. O frio. Um vento cortante alcançou seu pescoço e ela estremeceu. Arfando, levantou o rosto em direção ao barracão. Uma figura fantasmagórica se aproximava. Rilhou os dentes e praguejou para a própria mente. Não poderia deixar os pensamentos vagarem novamente. Precisava manter-se alerta. Havia alguém muito perigoso rondando aquele local. Não podia dar-se ao luxo de lutar contra alucinações fantasmagóricas.

A figura se aproximou e Irene a encarou.

Não, não era um fantasma ou tampouco uma besta infernal.

Era Mila. E seu vestido estava recoberto com sangue.

O grito atraiu a atenção de todos os residentes de Kinbrace. Em um momento, Irene estava segurando Mila com o que lhe restava das suas forças. No outro, braços a carregavam para dentro do pequeno hotel, enquanto ordens eram gritadas. Panos. Água quente. Um tônico. Irene debatia-se, ciente de que estava sendo levada para longe da garota.

— Não, não... — balbuciava. O sabor seco da sede irritava a sua boca.

— Acalme-se, Srta. Young — pediu o Sr. Penderglast, segurando-lhe os braços. — Aubrey está cuidando dela. Não se preocupe, a minha esposa é a melhor enfermeira que existe por essas bandas. Ela não poderia estar em melhores mãos.

Mas a mente de Irene rodopiava, sem prestar a atenção. Não estava com medo do que poderia acontecer com a garota sob os cuidados da Sra. Penderglast, mas tinha medo de que o assassino poderia retornar antes que tivesse retomado o controle do próprio corpo.

A voz era distante e os sons eram monótonos e amortecidos, sem distinção. Ela tentou virar-se, mas só viu formas vagas.

As memórias enevoadas pela droga começavam a voltar. Lembrou-se de Mila. Sangue. Meu Deus, tanto sangue.

— Mila... — balbuciou, sentindo um esgotamento como nunca sentira antes. Então, uma névoa estranha fechou-se à sua volta, mesmo ela estando no interior do hotel.

Visões estranhas preencheram a sua mente, formando um mosaico de fotografias. A escada. O teto do quarto. Um rosto severo, que ela reconheceu, mas cujo nome a mente lhe traiu. Escuridão.

Quando Irene acordou, sua cabeça latejava e sua boca parecia seca como se tivesse engolido areia. Estava deitada na própria cama e suas mãos agarravam os lençóis grosseiros. Levantou-se, mas quase caiu ao perder o equilíbrio. Cambaleante, forçou as pernas até a cama onde Mila estava prostrada.

Havia uma enorme mancha de sangue embebida na bandagem que fora enrolada ao redor do pescoço da garota. Ataduras cobriam-lhe os dedos, salpicadas de pequenas gotas vermelhas. Irene tocou em sua mão e a sentiu quente. O pulso, apesar de fraco, estava estável.

— Como ela está? — perguntou Irene para o vulto que se aproximava por trás. A porta fora aberta silenciosamente, mas não o suficiente para impedir que Irene percebesse.

— Ela perdeu muito sangue — disse a Sra. Penderglast, aproximando-se com uma bandeja com chá, um copo de água e alguns biscoitos. — Mas vai se recuperar.

Irene virou-se para a velha.

— Coma — disse a Sra. Penderglast. — Você vai precisar das suas forças.

Irene puxou levemente as bandagens e franziu o cenho antes de sentar-se na poltrona. Ela tomou o copo d'água de uma só vez, sentindo a dor na garganta aliviar. Então, pegou a xícara com as mãos trêmulas.

— O agressor foi identificado? — perguntou, numa voz isenta de emoção.

A Sra. Penderglast franziu o cenho.

— Não havia ninguém no barracão — disse ela.

Irene tomou um gole e largou a xícara com violência.

— Se imagina que Mila poderia ter feito isso com ela mesma, eu...

— Nunca achei isso — interrompeu a Sra. Penderglast. — Fui enfermeira na Guerra da Crimeia. Ninguém conseguiria cortar a própria garganta daquele jeito. E suas mãos estavam repletas de cortes.

Ferimentos defensivos, pensou Irene, sem verbalizar. Mila lutara contra o agressor.

— Não havia ninguém lá, mas encontramos isso em seus bolsos — disse a Sra. Penderglast, entregando um pequeno objeto para Irene.

Era a cabeça de um microfone, arrancada da haste sem cuidado, com os fios soltos.

Aquilo provocou uma tempestade na mente de Irene. Sua cabeça doía, mas a sua mente rodopiava sem parar, enxergando conexões e padrões onde, antes, só havia peças soltas e sem sentido.

Mas a pergunta final ainda a perturbava: *quem?*

Virou-se para Mila. Perdera Nora e, agora, quase perdera Mila também. Fora imprudente, descuidada. Quisera resolver tudo com rapidez, mas fora engolfada por algo muito maior. Prometera a si mesma cuidar daquelas garotas e, por sua própria estupidez, quase perdera duas das suas meninas.

Nunca poderia se perdoar se tivesse perdido Mila.

Agarrou a sua mão, enquanto forçava para que as lágrimas não escorressem de seus olhos. Apertou seus dedos machucados e, depois de um momento, estendeu a mão para pegar um biscoito. Mas interrompeu o gesto ao observar a própria mão. Ela estava manchada.

Trouxe os dedos até a altura dos olhos, observando um brilho estranho e oleoso. Virou-se para Mila e agarrou a sua mão. Seus dedos estavam recobertos por aquela substância, que Irene reconheceu imediatamente.

Ela virou-se para a Sra. Penderglast.

— Sra. Penderglast, por favor, fique com Mila — pediu, levantando-se. — E tranque a porta depois que eu sair.

A Sra. Penderglast a fitou por um longo momento. As duas trocaram um olhar cúmplice e repleto de significado. Em silêncio, ela assentiu e Irene foi até o toucador. Ali, escondida entre as suas roupas, estava o seu revólver Tranter. Ela examinou rapidamente a arma e deixou o recinto.

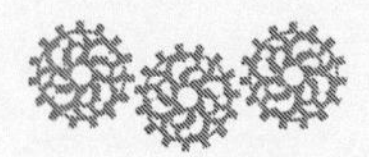

Havia várias abordagens para tentar resolver aquela questão. Irene escolheu a mais direta. Dirigiu-se até o quarto número 3 e abriu a porta num rompante.

— Sr. Patel — disse Irene, apontando a arma para o sujeito.

O albino sorriu por um momento e largou o livro que estivera lendo em cima da cama. Com cuidado, levantou-se, as mãos para o alto.

— Estive confusa com esse caso até aqui e, confesso, estava errada desde o princípio — disse Irene. — O ataque à Mila me abriu os olhos.

— Ah, sim? — disse ele, com interesse.

— Nora não era o alvo — disse Irene, sentindo uma raiva ácida corroendo suas entranhas. — Você a matou apenas para me atrair aqui.

— Esse foi um ato de respeito, senhorita Adler — disse-lhe Patel. — Sabia que teria poucas chances de confrontá-la em Londres, repleta de agentes do Comitê e com aquelas pequenas bruxas que você anda treinando. Não, não, não. Isso seria uma temeridade e não sou conhecido por cometer desatinos.

Ele sorriu e apanhou um lenço nos bolsos com os movimentos lentos, que foram acompanhados pelo olhar atento de Irene.

— Como conseguiu atraí-la?

— Não foi difícil — continuou ele, passando o lenço nas faces. A tinta branca manchou o tecido xadrez. — Mandei-lhe uma mensagem me fazendo passar por sua mãe.

— A mãe dela está morta.

— O corpo nunca foi encontrado, não é? Isso é o suficiente para levantar dúvidas em uma filha. E ela estava pronta para acreditar no que eu queria que ela acreditasse.

Irene apertou os dentes. Deveria ter previsto isso. Deveria ter conversado com Nora. Era um ponto fraco óbvio, que poderia ser explorado. Fora negligente. Tentara poupar-lhe de mais sofrimento e não a deixara suficientemente preparada.

— Ela recebeu instruções para ficar em Kinbrace. Ofereceu seus serviços por metade do salário, o que foi o suficiente para que a Sra. Penderglast a contratasse. A sua *mãe*, uma atriz que contratei, lhe deixou um rádio no barracão para que pudessem conversar. Isso foi o suficiente para que ela ficasse aqui.

— Por quê? Se queria me atrair, por que não a matou de uma vez?

— Precisava lhe tirar do seu quintal, por assim dizer — disse. — Mas precisava ser algo pessoal. Só isso a faria se deslocar até um lugar ermo, completamente desprotegida. A cada dia que passasse, sabia que sentiria-se cada vez mais desesperada. Se isso se tornasse uma missão do Comitê, ela seria planejada até os últimos detalhes e isso não me convinha. Precisava de você irritada, desesperada, imprudente, descuid...

— Mas seu plano falhou — interrompeu Irene, apertando os dedos contra o gatilho.

Patel deu de ombros, como se o fato de que estivesse do lado errado do cano do revólver não fosse algo que o preocupasse sobremaneira. Aquilo acendeu um sinal de alerta na mente de Irene. Ele estava tramando algo. Ou estaria esperando alguma coisa? Mas o quê?

— No final, Nora fugiu — ela disse.

— Não — corrigiu-lhe Patel. — A sua *mãe* lhe mandou uma mensagem urgente. Disse que tudo estava preparado para fugirem até o litoral e, dali, para Nova Iorque. Nora arrumou as suas coisas e partiu, exatamente como pedi para que fizesse.

— Então, eu vim até Kinbrace. Por que me drogou?

Foi a vez de Patel parecer irritado.

— Isso foi um erro — ele disse, falando rapidamente. — Não uso desse tipo de subterfúgio. Quando a porta se abriu no barraco, acreditei piamente que fosse a senhorita. Não imaginava estar atacando aquela garota. Não havia nenhum acerto pela morte dela e não costumo sacrificar pessoas sem ser muito bem pago.

— Mas o seu ataque foi desajeitado.

Patel saltou do seu lugar como um tigre acuado e só não avançou contra Irene porque ela ergueu o seu revólver e engatilhou a arma, apontando diretamente para o coração do assassino.

— Eu nunca erro, senhorita! — vociferou ele, praticamente cuspindo as palavras. — Nunca!

Irene nem ao menos piscou. Ela segurou a arma com firmeza até que o corpo de Patel afrouxou e ele afastou-se, arquejante.

— Quando reconheci a garota, apliquei-lhe um golpe que a imobilizaria, apenas, mas a pequena pilantra não era esperta o suficiente para entender que estava enfrentando alguém muito superior. Ela ousou me atacar, a vadiazinha — riu-se ele, incrédulo.

Por um momento, um lampejo vermelho sangue passou pelos olhos de Irene e o dedo no gatilho chegou a tremer. O seu coração disparado acalmou-se aos poucos, até voltar ao normal. Patel, por mais desprezível que fosse, era apenas uma ferramenta. Uma ferramenta perigosa, de fato, que precisava ser eliminada, como qualquer outra peste.

— Então, se fosse eu a entrar no barraco, teria sido morta imediatamente? — perguntou Irene.

Patel balançou a cabeça num gesto amistoso.

— Havia arranjos a serem feitos. Precisava de um tempo com a senhorita para cumprir a minha missão. Veja, Irene, apenas um serviço bem-feito não era o suficiente para *eles*. Um homem com as minhas habilidades oferece algo a mais. Na verdade, vinte e seis cortes. Provavelmente, a senhorita reconhece o número, não?

Irene sentiu a bile invadir a garganta. É óbvio que ela reconhecia o número. Dois anos atrás, quando intermediava uma operação do Comitê no porto de Limehouse, ela descobrira um enorme carregamento de meninas que haviam sido sequestradas na China para servirem aos apetites ferozes dos frequentadores de Haymarket. Vinte e seis garotas. Não havia acordo formal dos traficantes com Long John Silver ou mesmo com o Mandarim Negro e, dessa forma, Irene pôde agir livremente para livrar as garotas do seu destino cruel. Uma representação foi enviada à Olga Romanoff, que ignorou os protestos, alegando que Irene tinha razão em interferir, já que a operação fora realizada sem a concordância do Comitê. Na época, os traficantes anglo-chineses acataram a decisão, mas, aparentemente, não a esqueceram.

— Como me descobriu? — perguntou ele, terminando de se limpar.

— A maquiagem foi uma ideia inteligente — disse Irene, mirando a orelha de Patel. O sujeito puxou um pedaço de cera, deixando à mostra a feia cicatriz. — Conseguiu mascarar a sua identidade, mas Mila me abriu os olhos. Quando ela lutou com você, suas mãos ficaram repletas de tinta branca.

Patel assentiu.

— Por que fingiria ser albino se não estivesse tentando esconder algum traço da pele? Uma tatuagem, talvez, um defeito de nascença ou, no caso, uma cicatriz — ela continuou. — Quando deduzi que você era o homem que atraíra Nora para cá, o resto veio à tona. Por que atrair a pobrezinha para um lugar tão ermo? Nora não representava uma ameaça tão grande assim. Poderia ter a eliminado em Londres, mesmo. A única conclusão óbvia era atrair uma presa mais perigosa, por assim dizer.

Patel sorriu. Ele não tirara os olhos de Irene desde que ela o subjugara. Por isso, não foi difícil para Irene perceber que havia uma outra pessoa às suas costas, se aproximando devagar, quando ele desviou o olhar. Irene tentou se afastar, mas o cano de uma arma alcançou as suas costelas e ela parou.

— Não se mexa, senhorita.

Irene ergueu as sobrancelhas, tentando parecer surpresa, mas a voz era exatamente de quem imaginava: o Sr. Shaw.

— A arma, por favor.

Aquele era o momento crucial. Não poderia entregar uma arma engatilhada para eles. Patel deveria ter alguma arma branca escondida; ele seria um completo idiota se não tivesse uma navalha ou adaga em um dos bolsos. Ele era o alvo principal.

Ela fez um gesto afirmativo como se estivesse disposta a entregar a arma, mas, então, firmou o punho, mirou e puxou o gatilho, ao mesmo tempo em que Shaw disparava em suas costas.

Mas só houve uma explosão, um pouco antes do ombro de Patel ser jogado violentamente para trás, destroçado pela bala de Irene. Mesmo com os ouvidos machucados, ela ouviu nitidamente a arma do Sr. Shaw ser engatilhada diversas vezes, sem sucesso. Não havia como disparar com o cão emperrado e Mila era especialista nessa artimanha.

Ela se virou e o encarou. O sujeito a mirava com um olhar esbugalhado.

— Não imaginava que eu deixaria alguém andar perto de mim com uma arma carregada, não é?

— Você... você...

Irene não lhe deu tempo para balbuciar. Com dois golpes, ela o colocou de joelhos, a mão no peito em busca de ar. Precisava ser rápida, porque Patel não...

Uma dor intensa e ardente surgiu em seu braço e ela amaldiçoou a si mesma por apenas um momento. Sabia que Patel era um alienado e que esse tipo de pessoa normalmente não deixava que coisas pouco insignificantes como um ferimento ou mesmo o risco de morte interferissem no que achavam que deveriam fazer. Em uma fração de segundo, revisou as decisões que tomara e convenceu-se de que não teria como retirá-lo da equação de forma mais rápida. Aquilo a tranquilizou. O ferimento não fora profundo e era uma consequência mais do que esperada quando se enfrentava um ou vários oponentes.

Patel babava, com uma fúria mal reprimida. Com a tinta mal escorrida das faces e o sangue vermelho manchando suas vestes, ele lembrava algum tipo de animal selvagem e encurralado. A navalha que trazia na mão esquerda reluzia no quarto. Irene ainda trazia a arma nas mãos. Um único tiro e o assunto estaria liquidado, mas ela o queria vivo. Ou Patel contava com isso ou a sua fúria o impedia de raciocinar direito. Fosse o que fosse, ele movia a faca de um lado para o outro, tentando atingir os olhos de Irene.

Ela deu um passo para trás e guardou a arma. Não poderia simplesmente se livrar dela, pois Shaw poderia se recuperar o suficiente para fazer bom uso do revólver. Ela deu um salto para trás, sentindo o vento frio provocado pelo movimento súbito da faca.

Patel deu dois passos à frente, movendo a faca do alto para cima, tentando cravá-la no seu peito, mas Irene defendeu-se usando o punho do vestido. Houve um *Clang!* agudo quando a arma atingiu a tala reforçada com fios de aço que ela costurava em todos os seus vestidos. O impacto jogou-a para trás e Patel tentou aproximar-se, mas Irene o manteve longe com um chute.

O assassino rosnou antes de jogar-se para a frente, segurando a faca tão firmemente que os nós dos dedos adquiriram um tom esbranquiçado. Com o canto dos olhos, Irene percebeu que Shaw recuperava os movimentos e tentava pôr-se em pé. Ela precisava terminar com aquilo o mais rapidamente que podia.

Ela esperou o avanço de Patel, imaginando que poderia desviar-se no último momento, mas precisou mudar de estratégia. O assassino gingava de um lado para o outro e mesmo que estivesse impondo velocidade, não parecia desequilibrado. O máximo que conseguiria era receber uma facada nas costas. Irene sabia que não poderia usar o truque do punho de aço novamente, pois ele estaria esperando por isso. Então, resolveu improvisar.

Patel deu um passo a mais com a faca girando de um lado para o outro, mas Irene não recuou. Com um movimento rápido, ela puxou o seu boá do pescoço, segurando-o com as duas mãos. Mesmo surpreso, Patel atacou e seu braço foi envolvido por um laço feito com a echarpe. O puxão não surtiu efeito, já que a musseline de seda fora reforçada com várias camadas de fio de pesca. Irene girou as mãos, torcendo o braço de Patel até que ele estalasse. Ele gritou novamente, um som de ódio que ecoou por toda Kinbrace e morreu na vastidão gelada.

Alquebrado, com os dois braços incapacitados, ele caiu de joelhos no chão, mirando incrédulo para Irene. Ela o observou por alguns momentos, talvez esperando que ele simplesmente tentasse atacá-la novamente, mas Patel continuou parado, com a respiração difícil.

A porta foi aberta num supetão e a Sra. Penderglast apareceu à frente, com o seu marido logo atrás.

— Sra. Penderglast, se me faz o favor, me arranje uma corda bem grossa. Estou prendendo esses dois homens pelo assassinato de Nora Fletcher.

O Sr. Penderglast abriu a boca, mas pareceu incapaz de compreender o que estava acontecendo e permaneceu calado, mesmo quando a sua esposa saiu e retornou com um pedaço de corda de cânhamo.

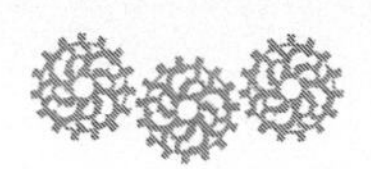

Os homens de Long John Silver chegaram à Kinbrace no horário do almoço do outro dia, avisados pelo drozde coruja de Irene. Ela passara parte da noite procurando pela Sra. Shaw, mas ela desaparecera no meio do confronto. Impedida de ausentar-se do hotel por causa de Mila, Irene deixara o assunto para depois. As cidades mais próximas estavam avisadas. A Sra. Shaw não escaparia ao longo braço do Comitê.

Patel permaneceu em silêncio todo o tempo, mas o Sr. Shaw foi mais comunicativo. Eles eram parceiros de longa data, mas Patel era o assassino. Ele parecia ter verdadeiro deleite pelo trabalho, dissera o sujeito em voz baixa. Irene não discordava. Pelo que pudera perceber da personalidade do sujeito, tratava-se de um maníaco homicida.

— Por que o deixou vivo? — perguntou-lhe Mila, enquanto as duas arrumavam as malas para partir. O seu drozde pardal se aninhara junto ao seu peito e recusava-se a sair de lá. —

— Você pode se vingar do mal sem se tornar parte dele? — disse Irene, encarando a garota, que ficou em silêncio, sem saber o que responder.

— Há outras razões de ordem prática — continuou Irene. — Já forcei demais a minha mão ao deixar Londres sem permissão. O meu pequeno estratagema com o telegrama não recebido foi apenas um exercício de retórica. Eu e Olga Romanoff sabemos que deveria ter esperado pela sua decisão. Mandar-lhe Patel e o Sr. Shaw é o meu pedido de desculpas.

— O que *ela* vai fazer com eles? — perguntou Mila.

Irene parou por um momento e encarou a visão pálida que escapava da janela.

— Eles mataram uma operativa em formação e tentaram me matar. Para o bem ou para o mal, ainda faço parte do Conselho. Um ataque a um dos membros do Conselho é considerado um ataque ao Comitê. Eu diria que, no fim, Patel teria preferido que eu tivesse resolvido o caso com as minhas próprias mãos — disse ela, numa voz sem emoção.

Mila estremeceu e Irene se aproximou, passando as mãos sobre os ombros da garota. Ela abaixou o rosto junto ao peito de Irene.

— A sua lealdade ao Comitê ainda vai acabar mal, Irene — disse ela, choramingando.

Irene abriu um sorriso triste. Aquela era uma constatação óbvia, mas, para jovens como Mila, mesmo a obviedade poderia ser inquietante. Não havia uma resposta que pudesse serenar o coração da garota e, assim, Irene preferiu permanecer em silêncio.

Havia feito uma escolha e precisava conviver com ela. E ali, abraçada à uma das suas garotas, tinha convicção de que tomara a única decisão possível.

4 . JULIETTE

A Cruz Azul

Paris, 1866

Enquanto a noite surgia, a multidão desaparecia das ruas como formigas que se entocavam em seus longos labirintos. Para um visitante desatento, talvez parecesse impossível que tanta gente morasse naqueles apartamentos minúsculos, nas casas encardidas ou nos cortiços que se erguiam, escorados uns aos outros, como pináculos desbotados de uma floresta de pedra, madeira e estuque. Velhos, homens, mulheres e crianças se acotovelavam entre as calçadas, o passo rápido, procurando a proteção do lar antes que a noite clamasse seus domínios e os parcos lampiões fossem acessos.

Era um bairro miserável, de gente pobre e trabalhadora. De casas de teto baixo ou cortiços longos e atulhados, com histórias pitorescas para todos os gostos. De esgoto percorrendo as vielas até os canais, levando embora a sujeira passageira e as desilusões permanentes. De iluminação fosca e decadente, que ocultava os jovens casais e fazia os crápulas sorrirem.

Na região noroeste de Paris, junto ao Canal Royale, um pequeno sopro de vida. Ali nascera um incipiente comércio de secos e molhados, alguns cafés de cadeiras desaparelhadas, um ou outro restaurante de mesas ensebadas e uma feira de peixes duvidosos, que ocorria dia sim, dia não. E atrás de uma pastelaria, junto ao canal, um pequeno teatro abandonado. Era um edifico baixo e sem adornos, como convinha a um teatro destinado ao divertimento do populacho. Nas paredes, os restos de cartazes de antigas apresentações davam um colorido sinistro ao local. E sinistra também era a sua história.

Houve um assassinato ali, há muito tempo. O dono do teatro, que era casado com a principal atriz, fora morto pela esposa, que tencionava tacar fogo no estabelecimento e fugir com o dinheiro do seguro. Mas ela fora vista e seu plano acabou na ponta de uma corda. Depois disso, o local fora abandonado e relatos sobre a alma penada do seu antigo dono se espalharam pelo bairro. Pelo sim, pelo não, a maioria optou por se manter afastada e Juliette, que não tinha paciência para este tipo de fofoca, acabara encontrando um lugar seguro e suficientemente aquecido para passar suas noites.

Naquela noite, a garota de longos cabelos ruivos, olhos atentos e dedos finos e compridos, se esgueirava para dentro do teatro por uma passagem que somente ela e um ou outro amigo conheciam. Antes, porém, desarmou o seu sistema de alarme — fios instalados estrategicamente por toda a entrada disparavam, ao menor sinal, um phonautographo rudimentar, que ela construíra depois de visitar, por duas vezes, a exibição do aparelho no Palais de l'Industrie. O berro gravado em cano coberto por cera de abelha, ampliado artificialmente por tubos de barro e ferro que coletara do sistema de esgoto, era capaz de espantar o mais corajoso dos mortais.

Fechando a porta atrás de si, deu corda mais uma vez em uma pequena centopeia mecânica, liberando-a no chão. O artefato disparou rápido por entre os entulhos e cadeiras carcomidas pelos cupins, espantando os últimos ratos. Juliette não tinha medo deles, nem tampouco nojo. Mas os camundongos eram especialistas em se enfiar em lugares apertados e nenhum naco de comida, por menor que fosse, estava longe de seus sentidos aguçados. E eles transmitiam doenças. Era melhor mantê-los afastados.

Decididamente, era bem melhor mantê-los afastados, pensou ela, com um calafrio.

Ela montara sua oficina improvisada no meio do palco, o local que tinha a melhor iluminação — não porque algum lampião ainda funcionasse, mas porque ali caíra parte do teto, formando uma espécie de claraboia natural. Quem não conhecesse a fundo a mecânica relojoeira e dos drozdes, talvez não entendesse metade daquelas ferramentas improvisadas, muitas vezes construídas a partir de arames, garfos retorcidos e facas sem fio. Mas um observador mais cuidadoso poderia reconhecer a genialidade por trás daquela bancada, mantida a duras penas por Juliette, que só se sentia verdadeiramente feliz e realizada quando estava entretida no meio da graxa das engrenagens. Claro que, vivendo de bicos, precisara substituir o óleo mineral por um visco que inventara, misturando seiva de algumas árvores da vizinhança e óleo de peixe. Mas nem o cheiro repugnante era o suficiente para arrancar-lhe o sorriso e a satisfação de fazer seus inventos funcionarem.

Juliette, no entanto, tinha outros afazeres. Prometera a si mesma descobrir quem mandara matar o tio, com quem morava depois que seus pais haviam morrido. E, enquanto não encontrava uma pista, precisava comer, sobreviver e, principalmente, se planejar. Ganhava algum dinheiro consertando drozdes dos moleques de rua, mas era o insuficiente para a sua própria sobrevivência. Adulto nenhum confiaria seu animal mecânico a alguém tão jovem, muito menos a uma menina. Ela chegou a cogitar uma espécie de ardil, trabalhando em parceria com um garoto mais velho, que receberia os artefatos em seu lugar, mas a ideia a repugnou.

E, de qualquer modo, ela tinha um objetivo. De certa maneira, se achava superior aos demais meninos e meninas de rua. Não porque tivesse tido uma criação melhor, nem nada parecido com isso, mas porque tinha um objetivo de vida além de sobreviver ao próximo dia. Um objetivo simples.

E sórdido.

Vingança.

Ela acendeu o fogão improvisado que construíra na única chaminé que ainda estava desimpedida e descarregou em uma panela os tubérculos que havia comprado na feira, pensando em uma sopa quente para ajudar a espantar o frio outonal de Paris. Enquanto a mistura fervia e espessava, um garoto maltrapilho passou pela porta. Seu andar era curvado e errático, fruto de uma doença que o atacara na mais tenra infância. Ele era mais alto que Juliette, e também mais velho, mas, perto da garota, parecia diminuir. Sua voz falhava e ele se descobrira tendo vergonha das roupas sujas e do rosto encardido.

Juliette não precisou tirar os olhos da panela para saber quem se aproximava.

— Olá, Pape.

Um ricto de desgosto cortou as faces do rapaz por um segundo. Ninguém o chamava assim. Para todos os outros, ele era Pape Paul.

Mas Juliette poderia chamá-lo do que ela quisesse.

— Ouvi uma coisa.

Juliette ergueu uma sobrancelha. Pape poderia ser um tanto enrolado e, às vezes, agia estranhamente com ela. Lhe trazia doces ou comida. Uma vez ela perguntara o motivo, mas o garoto apenas corara e gaguejara e ela acabou deixando para lá. Mas ele estava longe de ser tapado. E tinha ouvidos muito bons, uma qualidade interessante para um garoto de rua.

— Tem um sujeito circulando pelo Entrepot. Ele tá procurando alguém pra catar uns artefatos de um colecionador.

— Uma encomenda? — perguntou ela, interessada.

— Foi o que eu entendi. Ele paga bem.

— Que tipo de artefatos?

Pape a encarou, abrindo os dois olhos amarelados e deu de ombros.

— Coisas de Igreja. Cruzes...

— Crucifixos.

— É isso aí — ele confirmou. — E aquelas taças de botar vinho de padre.

Juliette assentiu, pensativa. Cálices, crucifixos e copos eram artigos comuns no mundo do contrabando. Algumas peças eram raras e valiam pequenas fortunas. Ela nunca se aventurara em nada tão grande assim. Preferia golpes menores, mais seguros. No entanto, isso lhe trazia a desvantagem de precisar se envolver em tais atividades com maior regularidade. E quanto mais tempo ficasse naquela vida, maiores seriam as chances dos assassinos do seu tio escaparem.

— Quem é o tal colecionador?

— Não sei o nome, só o endereço. Ele tem um apartamento na Rua Richelieu, no Quartier Bourse.

Juliette pegou duas canecas e serviu uma porção da sopa para si e ofereceu outra para Pape, que agradeceu com um sorriso bobo, tomando o líquido grosso com uma colher que tirara do bolso das calças. Enquanto ela bebia, reuniu-se com os próprios pensamentos. Já surrupiara mansões anteriormente, mas sempre escolhera os seus clientes a dedo. Gente rica, que não teria problemas em perder um ou outro objeto, e que não estivesse disposta a gastar seu dinheiro em esquemas caros e mirabolantes de proteção.

Um colecionador, no entanto, era algo substancialmente diferente. Dependendo do tipo de coleção que o sujeito reunira, ela precisaria enfrentar alarmes, drozdes de seguranças e sabe-se lá o que mais as agências de segurança estavam bolando para impedir que gatunos se apoderassem das peças de seus contratados.

Não, definitivamente, aquela não era uma boa ideia.

— Ah! — resmungou Pape, entre uma bocada e outra. — O sujeito falou também numa tal Cruz Azul.

Juliette quase engasgou com o líquido quente.

— Você... *Glub!* Você tem certeza disso?

— Sim... Acho...

— Nada de acho, Pape Paul! — e o garoto sabia que ela estava falando o suficientemente sério para usar o seu nome completo.

Ele parou por um momento, pensativo.

— Tenho certeza. Era Cruz Azul. Não sei o que isso quer dizer, mas foi Cruz Azul, mesmo. Por quê?

Juliette largou a caneca. Sua mente já não estava mais ali. Vagara, inconscientemente, para os meses anteriores, quando, pela força da lei e dos homens, fora obrigada a abandonar Nice, a única cidade que já chamara de lar, para viver compulsoriamente sob a proteção das Irmãs Índigo. Despojada dos recursos do tio falecido, que não possuía filhos e que, pela lei, não poderia deixar sua herança à sobrinha, ela se vira na mais completa miséria. O testamenteiro, ávido por terminar tudo rapidamente, enviou a petição aos tribunais, vendeu tudo o que o pobre relojoeiro possuía, recolheu sua parte, encaminhou o resto aos cofres imperiais e a menina, como um objeto sem uso ou destino, foi encaminhada ao Serviço Social de Sua Majestade.

Nos oito meses seguintes, ela viveu e trabalhou no L'Orphelinat de Souers Indigo, o Orfanato das Irmãos Índigo para Meninas Indóceis, uma instituição para garotas desamparadas. Seu espírito inquisidor foi tolhido, suas liberdades individuais, torcidas e retorcidas até não sobrar nada. Sob a tutela das madres, ela foi obrigada a esquecer tudo que havia aprendido com o tio, um conhecimento considerado inadequado para uma menina, e se viu empurrada para aulas de canto gregoriano, corte e costura, cozinha e técnicas domésticas. Seu espírito rebelde lhe rendeu o maior número possível de repreensões que uma aluna jamais teve. Durante boa parte do seu sétimo mês na instituição, ela passou na solitária.

A Madre Agatha, é claro, designara o local por outro nome. Quarto para Meditação Intensiva, era o aforisma, mas Juliette, que passara vinte e um dias presa ali dentro, sabia muito bem como chamá-la. Era uma solitária, tais como as celas do Château d'if, que Edmond Dantès ficara, há muitos anos atrás.

Mas o tempo presa lá não foi em vão. Arquitetara um plano de fuga. A escola era, antes de tudo, uma prisão. Grades, muros de pedra e vigilância intensiva eram uma constante. Mas a escola nunca prendera alguém como Juliette. Roubando pedaços de metal e torcendo garfos e colheres, ela conseguiu montar um autômato de repetição para lhe auxiliar. Em uma noite tempestuosa, onde as Irmãs se recolhiam cedo, ela pôs seu plano à prova e escapuliu pela porta lateral, usando o autômato para arrombar as portas, uma habilidade que ela se tornaria mestre nas semanas seguintes.

O pequeno artefato fez um estardalhaço no jardim, atraindo a atenção dos cães drozdes de guarda, lhe deixando livre para correr pela ameia principal e escalar as grades até o lado de fora.

Fugira para nunca mais voltar.

Isso fora há quase um ano atrás.

Depois, precisou aprender a viver nas ruas. Começara consertando coisas para os moleques. Em troca, eles lhe garantiam proteção e lhe ensinavam como sobreviver na selva de pedra e água barrenta que era Paris. Agora, já sabia se virar sozinha. A necessidade era a melhor professora que ela jamais teve.

De todas as suas lembranças tristes desde que o tio falecera, ela só se lembrava de um momento feliz. Era algo egoísta e a antiga Juliette provavelmente teria vergonha, mas ela detestava as Irmãs Índigo com todas as forças do seu coração. De um certo modo, detestava mais do que os homens que mataram seu tio. Eles eram uns crápulas malditos, mas essa era a sua natureza. Já a pose de mãe preocupada de Madre Agatha lhe enchia de um ódio profundo.

Durante o terceiro mês em que esteve em posse delas, um fato inusitado chamou a sua atenção. Não fora uma fuga, para o qual elas sempre se preocupavam, mas uma invasão. Alguém galgara os muros, invadira a Escola e roubara um dos seus artefatos mais preciosos, a Cruz Azul, um crucifixo de ouro e safiras.

Juliette rira como nunca da cara de desespero da Madre Agatha.

Infelizmente, a irmã responsável pelas aulas de corte e costura notara sua pose debochada. Fora a primeira vez que Juliette fora enviada para o Quarto de Meditação Individual, mas valera a pena. Nunca mais esqueceria a cara de horror da Madre.

"Então, a Cruz Azul está com este bacana? Terá ele roubado? Provavelmente, não" — disse para si mesma, afastando tal ideia. — "Deve ter usado o serviço de um terceiro. A Cruz Azul..."

Nunca pensara em ficar nada para si. Todo o produto de seus pequenos golpes era utilizado estritamente para a sua sobrevivência. Mas a Cruz Azul... Gostaria de ficar com ela. Com certeza, seria uma pequena paga pelos oito meses infernais no quais ela estivera internada com a Madre Superiora e seus chiliques.

— Vou tentar.

Foi a vez de Pape se engasgar com o seu último bocado de sopa.

— Tem certeza?

— Tenho. Foi para isso que você veio, não é? Porque achava que eu gostaria de tentar, certo?

Pape não a corrigiu. Nem em um milhão de mundos poderia admitir para ela, ou para si mesmo, porque atravessara metade de Paris e uns três canais fedorentos para falar com a garota. Com um sorriso bobo, ele aquiesceu.

— Avise o tal sujeito que eu aceito o contrato.

— Vou fazer isso amanhã mesmo.

Juliette agradeceu com um sorriso, fechando a expressão logo depois. Precisava pensar. Pensar e planejar. Não seria algo fácil, tinha certeza.

Mas a vida de rua nunca era fácil.

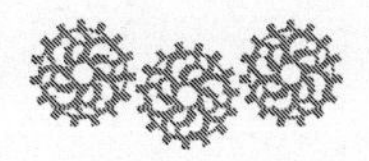

O inverno ainda não lançara totalmente seu manto gelado sobre Paris, mas, nos últimos dias, as primeiras geadas já cristalizavam as poucas flores que teimavam em sobreviver ao ritmo frenético e poluído da principal capital europeia. O movimento dos pistões e das engrenagens impulsionava a cidade, enquanto as chaminés lançavam toneladas de fumaça preta e espessa, obstruindo o horizonte e encardindo roupas, homens e o futuro de grande massa trabalhadora que trocava o suor de seus músculos por algumas moedas ao final do dia.

Juliette aprendera como se esgueirar por entre a multidão e como ficar de tocaia. No segundo mês após fugir das Irmãs Índigo, ela passara algumas semanas com Marie Soprano, uma canário bastante conhecida no submundo das crianças de rua. A garota tinha uma memória prodigiosa e ensinara à Juliette a maioria dos seus truques, em troca de um conserto bem feito ao seu drozde ratinho.

— O segredo está em ver e não ser vista — disse-lhe ela, enquanto subiam em um barracão para observar uma firma de transporte de valores. — A maioria dos malfeitores não tem paciência para este trabalho.

Juliette engoliu, a contragosto, um suspiro contrafeito. Nunca fora conhecida por sua paciência, mas estava disposta a aprender, se fosse necessário. O grupo que havia contratado Marie estava planejando um assalto à firma e precisava saber toda a movimentação dos guardas e dos funcionários. Marie prometera à Juliette uma quarta parte dos ganhos, se ela o ajudasse.

— Muitos se fantasiam de mendigos, mas isso sempre atrai a presença dos gendarmes ou a desconfiança dos guardas — comentou ela, sem tirar os olhos da movimentação dos funcionários, lá embaixo. — Qualquer coisa diferente chama a atenção. Se você quiser usar este tipo de disfarce, vai precisar de muito tempo. Você precisa fazer parte da vida quotidiana, ou será vista com desconfiança.

Juliette assentiu. Aquilo fazia sentido.

— Procure um lugar que seja confortável. Isso não é luxo. Não conseguirá ficar horas e horas empoleirada em cima de um galho. Um moleque do Quartier Panthéon tentou isso, uma vez.

— E o que aconteceu?

— Ele não caiu, mas seu braço nunca mais foi o mesmo. Alguma coisa arrebentou e seus dias de canário acabaram.

"Uma lesão nos tendões" — pensou Juliette, não ousando verbalizar o que pensava. Aprendera, nos primeiros dias, que a maior parte dos meninos de rua desprezavam os sortudos, garotos e garotas de família que frequentavam escolas e tinham uma família. Aprendeu rapidamente a esconder quem era ou de onde vinha. E não adiantava, apenas, ocultar fatos que ela aprendera nos seus dias de escola. Eles percebiam quem ela era pelo seu modo de falar e seu modo de andar. Precisaria criar uma nova Juliette, se quisesse se misturar. E, por um lado, ela os entendia muito bem. Seria de cortar o coração passar os dias suspirando pela boa fortuna dos outros.

Agora, estava na hora de pôr os ensinamentos da canário em prática. A Rua Richelieu era um lugar de casas luxuosas e elegantes, de edifícios bem construídos, cadeiras locomotoras e empregados de vestes caras. Não havia esgoto a céu aberto, os lampiões eram limpos pela prefeitura e o calçamento era liso e bem cuidado. Lixeiros limpavam os excrementos depositados por eventuais cavalos e não havia um único mendigo em um raio de várias quadras. Vendedores ambulantes eram desencorajados e os recalcitrantes acabavam conhecendo o lado errado dos cassetetes policiais.

Juliette procurou um posto de observação e acabou escolhendo um prédio elegante e bem formado, do outro lado da rua. Havia um porteiro ali, que fechou a cara para a garota quando ela passou pelo local pela segunda vez naquele dia, mas ela o ignorou. Não tencionava ser vista perambulando mais do que o necessário. Depois de uma breve observação na parte da frente, se dirigiu ao local onde os de sua classe se encontravam: nos fundos.

O prédio que escolhera se conectava a um terreno baldio, um dos muitos que ainda se espalhavam pela cidade, frutos ainda dos grandes desabamentos do terremoto de 1829, que derrubara casas, residências e palacetes, além de criar os vários canais que dividiam Paris. Àquela altura, todo o entulho já havia sido recolhido, mas muitos lugares ainda não haviam sido reconstruídos, fosse por falta de dinheiro dos proprietários ou puro desinteresse.

Juliette pulou a cerca de madeira carcomida e mal cuidada — não havia muito sentido em dar manutenção a uma proteção que a nada protegia —, e esgueirou-se pelo mato alto até os fundos do edifício. Janelas quadradas se estendiam pelos cinco andares. Na frente, havia algumas sacadas, um ou dois toldos e os lampiões. Mas, no fundo, ela só poderia contar com os canos que davam vazão a água da chuva recolhida no telhado. Ela testou os parafusos e a estrutura. Parecia suficientemente forte.

Então, voltou para "casa". Poderia ter que passar alguns dias lá em cima e ela precisava se preparar.

Naquela noite, munida de todo o resto de seu escasso sortimento de comida e água, além um cobertor puído que ela "conseguira" alguns dias atrás, Juliette retornou até o terreno baldio. Protegida pela escuridão de uma noite de luar encoberto por nuvens carregadas de neve, ela saltou o muro e correu até as paredes de pedra. Suas botas escorregaram na lama dos dejetos que eram atirados para fora pelos elegantes moradores do prédio, mas ela conseguiu se equilibrar. Mal notara o cheiro. Você se acostumava fácil ao odor putrefato das ruas, quando deixava para trás o conforto de um lar.

Ela tirou as luvas. O cano estava frio e, apesar de temer queimar as mãos ao se agarrar no metal congelado, era melhor do que escorregar e despencar cinco andares até quebrar o pescoço. Decididamente, ela estava disposta a correr o risco.

Depois de prender firmemente a mochila com seus pertences às costas e repreender seu pequeno artefato mecânico em forma de centopeia para que não ficasse perambulando por entre seus braços, pôs-se a subir. A estrutura rangeu com seu peso, mas os grossos parafusos de ferro aguentaram e ela galgou os primeiros metros sem grandes dificuldades.

Não olhava para trás, nem para baixo. Seria tolice. Nunca tivera medo de altura nem sofria de vertigens, mas estava mais preocupada em encontrar o próximo ponto de apoio do que medir quantos metros faltavam. Aprendera isso com Marie. Concentração. Foco em um objetivo. Chegaria lá em cima quando tivesse que chegar. Olhar para baixo era um movimento inútil. E quem vivia nas ruas não tinha tempo para movimentos inúteis.

Devia isso à Marie Soprano. E também o seu crescimento. Deixara de ser criança com Marie.

Juliette afastou aqueles pensamentos para longe. Precisava se concentrar. Um metro após o outro. Mão, mão, pé, pé. Como uma aranha, ela subia, sempre em frente.

De repente, um parafuso enferrujado se soltou com ranger sinistro e a estrutura balançou. Juliette parou por um segundo, o coração afogado em sua garganta. Fazia muito tempo que deixara de sentir medo e a sensação não foi agradável. Ela piscou e reclamou para si mesmo, mais uma vez, por não ter um goggles. Poderia enxergar melhor se tivesse mantido apenas um dos goggles de trabalho do seu tio, mas as malditas Irmãs Índigo confiscaram todos os seus pertences. Provavelmente, eles haviam sido vendidos em um dos seus bazares de caridade e o dinheiro, gasto em algum dos jantares nababescos que elas organizavam com o nobre propósito de arranjar fundos para a caridade. Havia cada vez mais destes jantares, mas, nem por isso, a vida na escola das Irmãs Índigo melhorara um tiquinho.

Uma das junções que ligavam cada parte do cano a outra se soltou. O parafuso enferrujado estava há uns dois metros para cima. Se ela continuasse a forçar a estrutura, toda aquela parte desabaria em poucos momentos. Era precisava se decidir, e rápido. Subir ou descer?

Decidiu arriscar. Apertando os lábios, ela continuou a subir, as mãos suando enquanto se agarravam aos canos, que começaram a se dobrar, afastando-a da parede. Grunhiu. Não esperava por isso, mas, agora, não havia nada que ela pudesse fazer. Com a agilidade cerzida pelos últimos meses vivendo nas ruas, ela subiu praticamente aos saltos.

O cano dobrou-se e ameaçou se partir. Juliette se agarrou na última abraçadeira presa à parede, ergueu o corpo até conseguir posicionar o pé sobre os dois parafusos e saltou. O cano dobrou-se uma última vez, mas não despencou. Livre do peso de Juliette, ele vincou como um feixe de trigo, balançando sob o fraco vento. Enquanto isso, a garota agarrava-se à continuação da estrutura de vazão da chuva, os dedos dormentes agarrando furiosamente o pedaço de metal.

Com o resto de suas forças, ela conseguiu erguer-se até que seus braços envolveram firmemente o cano. Ela suava sem parar e os restos do seu parco almoço ameaçaram voltar por um momento, mas conseguiu se controlar. Engolindo a náusea, tratou de subir os últimos metros e se arrastar para cima do telhado, exausta.

Seu corpo rolou por cima da sujeira acumulado e dos cocos de pombos, mas ela não se importou. Respirava pesadamente e tinha as mãos feridas. Mas havia conseguido. Era tudo o que importava.

Precisou de uma meia hora para recuperar o fôlego, mas isso não a abalou. Já era tarde e, aquelas horas, não imaginava que pudesse fazer qualquer observação que prestasse. Os minutos passaram devagar e ela usou um pouco da água do cantil para se recuperar. Então, se dirigiu cuidadosamente até o outro lado do edifício, examinando o telhado. Canos de chaminés espalhavam-se como uma floresta. A inclinação íngreme das telhas de barro impediam que a sujeira se acumulasse nas partes mais altas, mas tornavam a caminhada difícil e escorregadia.

Juliette observou rapidamente o seu alvo, no outro lado da rua. Como imaginava, as cortinas do apartamento estavam fechadas, assim como boa parte das janelas daquela rua tranquila e acolhedora. Não haviam luzes ou qualquer outro tipo de movimento nos edifícios e casas. Ela fechou o casaco ainda mais, para se proteger do vento, que soprava livre e desimpedido naquelas alturas, colocou o cobertor e foi até as chaminés. Com a mão gelada, procurou pelo cano mais quente, provavelmente fruto de um fogo que havia sido mantido acesso durante o dia inteiro. Com as costas contra os tijolos aquecidos, ela se encolheu para passar a noite.

O amanhecer frio e gelado encontrou Juliette completamente desperta. A chaminé fora esfriando no decorrer da noite, já que não havia ninguém para atiçar o fogo durante a madrugada, e a garota acordou, tremendo, um pouco antes do amanhecer. Seus dedos, mesmo já recobertos pelas luvas, ainda doíam pelo esforço da subida. Usando o cobertor como uma espécie de manto, ela esgueirou-se até a borda do telhado e se acomodou para passar o dia, agradecendo pelo sol fraco que surgira horas depois.

Vigiar era tedioso e irritante, mas era o preço a pagar por um golpe bem sucedido. Tomando devagarzinho alguns goles d'água, e sentindo o estômago roncar — não ousara tocar em suas provisões, afinal, não sabia quanto tempo precisaria ficar ali em cima —, permaneceu naquela posição durante boa parte da manhã.

Sete pessoas, dois homens e cinco mulheres, haviam entrado no edifício durante aquelas horas. Pelos trajes e pelas horas, Juliette calculava que eram cozinheiros ou, até mesmo, mordomos ou lacaios. Muitos jovens cavalheiros preferiam este tipo de acordo, um sinal dos novos tempos. Até alguns anos atrás, era inadmissível que um cavalheiro de boa estirpe não possuísse um lacaio pessoal morando junto, sempre às ordens de seu patrão. No entanto, já era cada vez mais comum, para o escândalo dos mais velhos, que os empregados pessoais tivessem suas próprias casas, se dirigindo até o local de trabalho como um servidor comum.

As cortinas do apartamento que Juliette vigiara foram abertas precisamente às 9 horas da manhã, junto às badaladas da Igreja Saint-Vincent-de-Paul. Um rosto com um nariz comprido surgiu momentaneamente para o lado de fora, aspirando o ar poluído, antes de desaparecer. Pela forma dos punhos e da gravata, era o lacaio. O misterioso ocupante, fosse quem fosse, ainda não dera as caras.

E não apareceria pelos próximos quatro dias. Quatro longos e tediosos dias. Juliette já havia consumido quase que completamente todos os seus recursos quando, finalmente, dera sorte. Ela já sabia de cor o movimento de todos que frequentavam habitualmente o elegante edifício. Conseguira adivinhar, com um razoável grau de confiança, onde cada um dos empregados se dirigia. Sabia quem eram os lacaios que moravam com seus patrões e já reconhecia alguns dos hábitos de seus moradores. Eram três andares, dois apartamentos por andar. O casal idoso do número 21, que ela apelidara de Sr. e Sra. Soneca, passavam boa parte do dia dormindo. Eram acompanhados por uma cozinheira, que chegava as 7:00 e só saia depois das 21:00, um lacaio e uma dama de companhia, que moravam no local. Havia um solteirão boa pinta, no número 31, o Sr. Sapato de Bicos Finos, cuja vida boêmia estendia-se pelas madrugadas. Na última terça-feira, não dormira em sua própria cama. Aparecera somente as dez horas da manhã, o casaco do smoking enrolado junto ao ombro, um cigarro na boca e assoviando pelo caminho. Seu modo de vida recebia olhares de reprovação do Sr. e Sra. Certinhos, o jovem casal que habitava o n. 11. Por mais de uma vez, ela vira a Sra. Certinha lançar olhares desaprovadores para o Sr. Sapato de Bicos Finos, quando ele passava. O Sr. Certinho, por sua vez, saía cedo de casa e só retornava ao final da tarde. A sua esposa passava mais tempo olhando pela janela do que cuidando do que quer que fosse que uma esposa de um empresário deveria fazer quando passava o dia inteiro em casa, sozinha com seus dois empregados. E ela não poderia ser mais diferente de seus vizinhos de porta, o casal do n. 12. A mulher, uma dama de modos exorbitantes, que Juliette apelidara de Sra. Atribulação, vivia aos berros com o marido, um sujeito franzino e com uma expressão de fuinha recolhida. O Sr. Coitado parecia trabalhar somente pela tarde. Os dois saíam de noite e só retornavam muito tarde. O que faziam, Juliette não tinha a menor ideia. O número 22 estava desocupado; as cortinas estavam sempre fechadas e nunca houve nenhum tipo de movimentação lá dentro.

E havia, era claro, o Sr. Alvo, no número 32. Ele deixara o apartamento uma única vez, no início da tarde do quarto dia. Era um sujeito alto, esbelto, e que se vestia finamente. Tinha um andar elegante e metódico. Ela quase o chamara de Sr. Almofadinhas, mas havia algo em seus olhos que não a deixaram se enganar. Não tinha ideia do que ele fazia, além de ser um colecionador de arte. Talvez ganhasse dinheiro comprando e vendendo peças. Mas, se assim o fosse, onde estariam os compradores? Ele não recebera uma mísera visita durante todos aqueles dias. Na verdade, a sua saída fora a primeira movimentação digna de nota desde que ela galgara aqueles canos.

No entanto, alguma coisa acontecera que fizera o homem mudar seus hábitos. A partir daquele dia, ele passou a deixar o apartamento todos os dias, logo após o almoço, e retornar perto das 18:00.

Isso dava à Juliette um pouco mais de uma hora, já que o mordomo abandonava o serviço, invariavelmente, às 17:00.

Juliette abandonou o posto de observação dois dias depois. Seus suprimentos haviam acabado no dia anterior e ela já vira tudo que precisava. Depois de recolher todas as suas coisas na mochila, foi até a claraboia e utilizou uma gazua, presente de Pete Paul, para arrombar o postigo simples, o que não era incomum. Afinal, a maioria das pessoas não imaginava que poderia ser assaltada por ladrões que tivessem asas.

Ela se esgueirou para dentro e desceu lépida as escadas, fazendo o menor barulho possível. Não temia ser vista; se assim o fosse, tinha confiança em suas pernas finas e compridas. O porteiro, entretido atrás de seu balcão, passando os olhos em uma revista, não notou a garota se afastar às gatinhas. A ousadia lhe rendeu bons frutos e a garota se viu do lado de fora antes que qualquer um percebesse. Como sempre, sair era mais fácil do que entrar.

E, agora, precisava invadir um apartamento.

Juliette já havia procurado por pontos de entrada alternativos no edifício do Sr. Alvo, sem sucesso. O terreno detrás do edifício era ocupado por um palacete de algum figurão, que parecia muito preocupado com sua segurança. Dois guardas vigiavam o local, dia e noite. Não havia como entrar por ali.

E todas as construções ao lado eram menores. Não havia como saltar, nem tampouco escalar. Precisaria entrar pela porta da frente. E, para isso, era preciso um plano. Um bom plano.

Ela teve muito tempo para pensar enquanto esteve empoleirada naquele telhado, vigiando. Concebera e descartara várias possibilidades, elencando as dificuldades impostas e calculando os riscos. Queria algo perfeito, mas sabia que isso era impossível. Precisava se contentar com algo que fosse o menos perigoso possível.

A ideia brotara em sua mente quando retornou à sua "casa", no teatro abandonado. Depois de abandonar um dos Escaravelhos[5] fedorentos, acompanhou a multidão que subia a rua até que uma gritaria chamou a sua atenção. Ela normalmente corria para o lado oposto quando uma confusão começava, mas os gritos eram histéricos e ela decidiu ver o que acontecia.

Aparentemente, um surrupiador tentara afastar uma garota da companhia da mãe, mas ela tinha excelentes pulmões e dentes melhores ainda. Depois de morder a mão do meliante, passara a berrar com todas as forças. E, de modo diverso à ela própria e a maioria dos que passavam, a garotinha estava bem vestida e possuía um elegante drozde cãozinho, último tipo. Provavelmente, era filha de algum funcionário público em ascensão, que ainda não conseguira sair do Quartier Montmartre, mas que já se permitia alguns luxos.

Mas não fora isso que lhe chamara a atenção. O mais importante foi o comportamento da multidão. Surrupiadores não eram incomuns por aquelas bandas. Sempre havia necessidade de trabalhadores escravizados em navios, cozinhas clandestinas ou coisa pior. As quadrilhas agiam rápido, e eram brutos e assassinos. Poucos tinham a coragem de se meter em seu caminho. No entanto, fosse porque

5 As imensas e barulhentas embarcações de passageiros movidas a vapor que foram introduzidas como transporte para a população de baixa renda.

a garota berrava de forma tão histriônica, fosse porque a diferença entre o belo vestido e os trajes sebentos do meliante parecessem um atentado contra a estética, o fato é que, pela primeira vez desde que fora viver nas ruas, Juliette viu a população se revoltar.

Estupefato, o meliante tentou escapar das garras de seus atacantes, o seu cão drozde latindo furiosamente, mas tudo fora em vão. A garotinha chorava junto a uma mãe agradecida enquanto o surrupiador era espancado com paus, pedras, sombrinhas e chutes. Juliette se afastou. Não queria saber o resultado daquilo. Não tinha a mínima pena do sujeito; provavelmente, estava merecendo apenas uma pequena parte do castigo pelo todo mal que já perpetuara. No entanto, tinha pouco gosto pelo sangue alheio.

De uma maneira ou de outra, ainda conservava parte dos antigos hábitos.

De volta ao teatro, encontrou a farinha que deixara escondida antes de sair para a tocaia. Enquanto amassava e assava o pão no fogão improvisado, que montara juntando peças retorcidas que arranjara junto ao porto, elaborou um novo plano. Era um tanto ousado, mas, se estivesse certa, seria um golpe e tanto.

Sorriu pela primeira vez naquelas últimas semanas. O cheiro do pão assando atiçou seu estômago e o calor das chamas aqueceu seu corpo.

Precisaria de ajuda, era claro, mas ela sabia a quem recorrer.

Só precisaria esperar o amanhecer. Más notícias costumam parecer menos ruins à luz do dia.

— Você é maluca.

Juliette apenas deu de ombros antes de jogar mais um pedaço do pão que assara no dia anterior para Pete Paul. O dia amanhecera já há algumas horas e o rapaz, que chegara no teatro com cara de sono, despertara de vez.

— Doida. Completamente doida.

Ela não respondeu. Conhecia o amigo há tempo suficiente para saber que ele reclamaria sem parar, por um bom tempo, antes de concordar. Ele sempre acabava concordando. Afinal de contas, o plano era muito bom. Ele só precisava se acostumar com ele.

— Você vai precisar de roupas — objetou ele.

— Já pensei nisso — disse a garota, abrindo uma sacola. Lá dentro, a elegante roupa da menina que fora atacada na noite anterior.

— Como você conseguiu isso?!

— Perguntei aqui e ali e descobri onde eles moravam. Como imaginei, a mãe da garota, que parecia bem histérica, jogou tudo fora. Não queria nada que fosse maculado pelo surrupiador em sua casa.

— Tudo?

Juliette o fuzilou com o olhar.

— Não seja indiscreto.

Pete Paul encolheu os ombros e deu mais uma mordida no pão. Estava massudo e um pouco duro, mas era fresco. Não se lembrava de quando tinha comido pão fresco pela última vez.

— Só a roupa não vai ajudar... — disse, amuado, coçando uma ferida no lábio.

— Eu sei. Preciso me arrumar. E, para isso, preciso de um banho quente. E um pouco de maquiagem. E perfume.

Pete Paul a encarou, a compreensão finalmente alcançando sua mente um tanto prejudicada pela fome. Ele engoliu um pedaço inteiro e quase se engasgou.

— Isso, nunca! — rosnou, o dedo em riste.

— Preciso da ajuda dela, Pete.

— Ela não vai ajudar.

— Vai, se você pedir.

— Não quero saber dela — disse Pete, se levantando e pondo-se a andar de um lado para o outro.

— É justo. Mas eu preciso de ajuda — disse Juliette.

— Ela me odeia — ele disse.

— Ela é a sua tia — ela disse, erguendo uma sobrancelha.

— Por isso mesmo.

Juliette suspirou. Família era uma coisa complicada. E família de meninos e meninas de rua eram mais complicados ainda. No entanto, não via outra alternativa. Ela poderia arrombar uma casa vazia, era claro. Mas tomar um banho e se arrumar exigia um grau de ousadia que ela ainda não se permitia. Não. Era melhor assim. Precisava da ajuda da "tia" de Pete.

— Ele não é a minha tia de verdade — disse Paul, praticamente arrancando os pensamentos da mente de Juliette.

A garota assentiu. Já suspeitava disso.

— Minha mãe disse que era para eu chamá-la de tia, mas eu nunca fiz isso. Para mim, ela era a Srta. Cocotte. Só isso.

Juliette estremeceu levemente ao ouvir este nome. Já o conhecia antes de encontrar Pete Paul, era claro. Escapara, por duas vezes, de aliciadores da Madame Cocotte, a rica dona da casa noturna mais famosa de Paris. Sabia que Pete a odiava; sua mãe fora obrigada a trabalhar para ela depois que o marido perdera a vida navegando para uma importante firma de Londres, que usara a desculpa de um "Ato de Deus" para o naufrágio causado por uma tempestade para não pagar o seguro. Pete fugira depois que a mãe morrera de sangue ruim[6].

Sabia que estava pedindo demais dele e, para bem da verdade, temia um pouco a Madame Cocotte. Mas já ouvira falar muito dela. Ela era dura e implacável, mas também, justa. Achava que poderia chegar a um acordo para ambas as partes.

— Quanto?

Juliette se concentrou para não sorrir.

— Um quarto da venda.

Pete meditou por um momento antes de cuspir na própria mão. Ela o imitou e dois trocaram um cumprimento vigoroso, selando o contrato.

— Quando?

— O quanto antes — respondeu ela, taxativa. — Não sei por quanto tempo o Sr. Alvo vai manter a rotina. Precisamos entrar lá o mais rápido possível.

Pete grunhiu enquanto ruminava os últimos pedaços do pão. Ele parecia enfrentar um grande dilema interior, mas, finalmente, concordou.

— Tá. Vamos lá.

Juliette abriu o primeiro sorriso do dia.

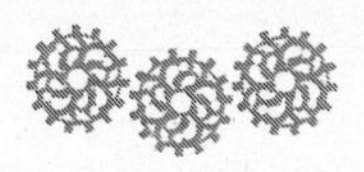

6 N.A. Sífilis.

Era praticamente impossível um parisiense não ter, pelo menos, ouvido falar da casa de espetáculos "A Esfinge". Com uma fachada respeitável e bem iluminada, o lugar servia um cardápio fino para clientes selecionados. No palco, músicos, artistas e poetas.

Mas era nos fundos que Madame Cocotte realmente fazia o seu dinheiro. Um edifício escondido e longe dos olhares pudicos, mas tão elegante e opulento quanto o teatro em frente.

Pape Paul não teve dificuldades em entrar. Ele e Juliette bateram em uma porta em um beco sinistro e escuro. Um segurança abriu, com cara de poucos amigos e estava prestes a enxotá-los dali, quando o garoto falou.

— Não me reconhece mais, Javier?

O segurança piscou para o garoto e segurou o drozde furão, que ameaçava saltar contra os dois.

— Ora, ora, quem diria. Não imaginei que voltasse aqui, garoto.

— Não sou mais um garoto — rosnou Pape.

— É, creio que não é mesmo — disse Javier, piscando um olho para ele e para Juliette, que rangeu os dentes.

— Preciso ver a Madame.

— Vou chamar o Sr. Valérian — disse Javier, abrindo uma passagem para que eles entrassem em um corredor estreito e bem iluminado. — Esperem aqui.

Ele deu um passo, mas se virou.

— Conhece as regras da casa, Pape Paul.

— Ninguém entra nem sai enquanto eu estiver aqui — ele disse, numa voz sem emoção.

— Bom garoto.

— Não sou mais...

Mas o guarda já se afastara, deixando para trás Paul e sua expressão irritada.

Ele bufou e cruzou os braços, em tom de desafio, recostado contra a parede. Juliette manteve a mochila junto ao corpo, em silêncio respeitoso.

Uns vinte minutos depois, Javier retornou. Atrás dele, vinha um sujeito imenso, com mais de dois metros de altura. Ele vestia os trajes impecáveis de um mordomo e não possuía nenhum drozde visível junto de si. Juliette estremeceu.

Pape se adiantou.

— Olá, Sr. Valérian.

O mordomo virou as faces negras para o garoto, mas não respondeu, exibindo uma expressão de educado interesse.

— Preciso ver a Madame Cocotte. É importante.

O Sr. Valérian lançou um olhar avaliador para Juliette e, sem abrir a boca, fez um aceno quase imperceptível, antes de voltar pelo corredor.

— Vamos — disse Pape, seguindo o gigante.

Juliette sentiu um estremecimento estranho, mas não tinha alternativa a não ser se ater ao plano. Ela foi atrás de Pape.

A garota não tinha uma ideia muito clara do que encontraria dentro da Esfinge, mas, certamente, era bem diferente do que imaginara. Estavam no prédio da frente e, por ali, eles só viram músicos, garçons apressados, cozinheiros descascando batatas e cozinhando camarões, um esquadrão de técnicos correndo de um lado para o outro, alimentando as caldeiras que aqueciam os salões e preparando os efeitos especiais das apresentações, além de muitos seguranças.

O Sr. Valérian subiu por uma escadinha dourada, que os levou até uma antessala luxuosa e decorada em carmim e prata. Após bater na porta de forma quase imperceptível, eles foram convidados a entrar.

O escritório de Madame Cocotte era tudo, menos o que Juliette imaginava. Não havia plumas, paetês, divãs, ou quaisquer outros adereços. Parecia um escritório comum de um empresário, com livros caixa, uma máquina de taquigrafia, poltronas confortáveis e uma estante recheada de livros.

Não que a sala precisasse de outros adornos, afinal, somente a presença de Madame Cocotte já era o suficiente para iluminar o lugar. Trajando um vestido dourado colado ao corpo sinuoso, ela se movia com uma graça e delicadeza que seria impossível de imitar. Os cabelos louros e cacheados caiam em cascatas sobre dois ombros bem torneados. Usava pouquíssimas joias. Não era preciso.

Ela examinou Juliette com um olhar avaliador. A garota corou e engoliu em seco, sentindo-se desconfortável.

— Queridinha, você teria grande futuro aqui.

Sua voz era doce como uma sobremesa, mas o que Juliette ouviu quase a fez vomitar.

— Estou bem onde estou — respondeu.

Ela abriu um sorriso de joias e ouro.

— Você pode enganar a si mesma, mas não à Madame Cocotte.

Juliette não se dignou a responder. Ela tinha outros objetivos. O golpe era só para poder levá-los a cabo. Precisava do dinheiro para se manter enquanto perseguia os assassinos do tio. Mas não ia discutir isso com ela. Na verdade, nunca discutira o assunto com outra pessoa. Isso não era da conta de ninguém.

— Tenho uma proposta de negócios.

O sorriso de Madame Cocotte ampliou, mas não era desprezo que havia ali. Na verdade, se Juliette a conhecesse melhor, saberia que fora quase uma expressão de admiração. Ela fez um sinal para Pape Paul, antes de se virar para a garota.

— Estou ouvindo.

Juliette contou tudo. Não havia motivos para esconder o que sabia. Falou do misterioso comprador e do tal Colecionador. Disse onde ele morava e como planejava entrar lá. E, claro, contou o motivo do porquê precisava de sua ajuda.

Quando ela terminou, Madame Cocotte tirou uma baforada de um cigarro que ela havia prendido em uma pincenê e piscou um olho para Pete Paul, que retorceu os dedos, raivoso.

— É uma menina interessante esta que você trouxe aqui, sobrinho.

— Não sou seu sobrinho — rosnou ele.

Ela deu de ombros

— Eu já ganho bastante dinheiro. Por que deveria ajudá-la?

— Porque vou dar um golpe em um almofadinha da Quartier Bourse.

Ela sorriu.

— Os almofadinhas do Quartier Bourse são meus principais clientes. Não deveria ajudá-la a roubá-los. Não faria bem aos meus negócios se soubesse que ajudo a roubá-los.

Neste ponto, ela tinha razão, e Juliette sentiu a confiança esmorecer. Apertou os lábios. Não tinha mais cartadas. Só poderia oferecer parte dos ganhos. Vingança pessoal? Isso era preocupação dela. Madame Cocotte se compadeceria dela? Duvidava. Mesmo que ela contasse tudo que a Madre Agatha falava da Esfinge. De todas as palavras terríveis que ela dizia sobre lugares como os dirigidos por Madame Cocotte. Quase todos os dias. Era algo constante. Sempre xingando Madame Cocotte. Quase como se fosse...

"Pessoal?"

— Eu fugi de lá, também.

O pescoço de Madame Cocotte se virou com um estalo.

— Como disse, queridinha?

Sua voz cortou o ar como uma faca de gelo. Juliette engoliu em seco antes de conseguir responder.

— Do orfanato das Irmãos Índigo para Meninas Indóceis.

Agora, Juliette entendia por que aquela mulher era conhecida como A Dama de Ferro da Noite de Paris. Seus olhos se tornaram como chamas em brasa e todo seu corpo retesou. Mesmo sem querer, Juliette deu um passo para trás, assim como Pete.

— Como... como você soube?

— Eu trabalhei nos arquivos delas — mentiu. — Vi seu nome nos registros. E a Madre Agatha falava de você. Quase todos os dias.

— Aquela desgraçada ainda está viva?

Juliette escondeu um sorriso.

— Sim. Enquanto houver meninas para ele destruir, eu temo que sim.

Madame Cocotte a observou com novos olhos.

— Eu estou atrás da Cruz Azul — disse Juliette. — Ela foi roubada da Madre Agatha há alguns meses e este colecionador está com ela. A Cruz Azul era principal relíquia da Madre Agatha. Eu vou entregar o resto para o comprador, mas a Cruz Azul é minha. É a minha vingança.

Cocotte tirou uma longa baforada dos lábios, enquanto se mantinha de costas para eles. Juliette trocou um olhar com Pete, que apenas deu de ombros. Então, sem se virar, ela foi até a sua elegante escrivaninha rococó e retirou uma chave.

— Este é o apartamento número 23, no segundo andar. Só eu tenho a chave. Ninguém vai importuná-los lá. Valérian!

O mordomo negro abriu a porta, silencioso.

— Escolte estes dois garotos até o número 23. Mantenha-se na porta. Eles não devem ser perturbados.

Juliette começou a agradecer, mas Madame Cocotte a cortou.

— Você me ofereceu um quarto dos ganhos. É apenas um acordo de negócios.

Ambas assentiram uma para a outra, reconhecendo, naquele momento, as memórias que compartilhavam de suas experiências. Então, em silêncio, eles deixaram o escritório de Madame Cocotte.

O mordomo fez um gesto pomposo e eles o seguiram. Eles deixaram para trás o prédio principal e seguiram para o edifício de trás. Os corredores eram mal iluminados, não por falta de lâmpadas ou lampiões, mas para ajudar a manter a privacidade de seus frequentadores. Portas elegantes, de mogno escuro, contrastavam com as paredes escarlates e com os quadros, alguns indecorosos o suficiente para deixar Pete e Juliette envergonhados.

Subitamente, o mordomo parou na frente de uma porta e deu um passo para o lado. Juliette avançou com a chave na mão e odiou a si mesma por estar tremendo enquanto girava a fechadura. Um clique agudo e, em poucos segundos, eles estavam dentro do quarto. Ela agradeceu ao mordomo, que fechou a porta com uma nova mesura, em completo silêncio.

Juliette nunca estivera num quarto como aquele. Seus pais nunca foram ricos e, depois que eles haviam falecido, fora viver com o tio, em Nice. Ele tinha um negócio pequeno e relativamente próspero. Eles viajavam, de tempos em tempos, mas suas lembranças flutuavam entre albergues perto da praia e pequenos hotéis junto a lagos calmos e convidativos, onde se servia vinho aguado e comida caseira. Os quartos eram limpos e bem cheirosos, mas simples.

O quarto número 23 de Madame Cocotte era absurdamente suntuoso. Havia tanto o que olhar ou sentir, que seria difícil parar de encará-lo por horas e horas a fio. Espelhos, filigranas douradas, cadeiras revestidas de cetim com temas espalhafatosos, esculturas contorcionistas, vasos com flores de cores exóticas e uma lareira tão grande que poderia assar um leitão inteiro.

— Não se engane — resmungou Pete Paul, deprimido. — É tudo falso. Não é ouro, é só tinta.

Juliette já imaginara isso. Mas, mesmo assim, era surpreendente. Ela se permitiu um ou dois momentos recheando a mente com aquele esplendor, antes de voltar à dura realidade.

— Vou para o banho. Me espere aqui.

As faces de Pete adquiriram a mesma tonalidade das paredes lá fora, mas Juliette não percebeu. Ela escapuliu para o banheiro, fechando a porta atrás de si, entrando em uma caixa de mármore branco italiano. Depois de ligar as torneiras e deixar entrar a água quente para dentro da banheira, Juliette retirou da mochila o vestido. Esticou ele em uma cadeira e, depois de se livrar das próprias roupas, mergulhou na tina.

Foi uma sensação maravilhosa. Mesmo quando ainda frequentava o Orfanato das Irmãs Índigo, raramente tivera a oportunidade de usar a água quente. Este era um luxo reservado para as crianças bem comportadas e Juliette nunca fora bem comportada com as Irmãs Índigo. O pequeno teatro que utilizava como casa ainda possuía água corrente e, de tempos em tempos, ela conseguia se lavar em um dos banheiros que ainda funcionavam. No entanto, com a proximidade do frio, era impossível tomara um banho de verdade com a água congelante que escapava dos canos. E ela precisava admitir, mesmo a contragosto, que sentia falta. A casa onde vivia com o tio era simples, um chalé de dois andares. Mas ela tinha um quarto só para si, uma lareira sempre quente no andar de baixo, um banheiro limpo, um cômodo recheado de livros e outro de ferramentas e engrenagens.

O que mais uma garota poderia querer?

Ela precisou encher a banheira uma segunda vez para poder tirar toda a sujeira do corpo. Lavou os cabelos lenhosos e usou toda a força do braço, enrijecido pelo uso de ferramentas, para arrancar os inúmeros nós que haviam se instalado entre seus fios como uma ruela enroscada. Foi às lágrimas mais de uma vez, mas, por fim, conseguiu transformar aquele emaranhado de fios endurecidos e pastosos em algo que lembravam cachos recatados e um pouquinho mais brilhantes. Então, se vestiu. A garota de quem ela "herdara" o vestido era um pouco maior, mas, decididamente, Juliette era mais forte, apesar do corpo ter emagrecido pelos últimos meses vivendo nas ruas. Ele não coube perfeitamente, mas estava longe de estar curto ou comprido demais.

Se viu no espelho com uma expressão de desgosto. Mesmo quando morava com o tio, usava poucos vestidos. Sempre preferira batas simples e lisas, pois eram mais fáceis de lavar do óleo que respingava das máquinas. Quando estavam sozinhos, ela usava calças, um pequeno segredo que compartilhava com o tio, que não via nada demais na sobrinha usar a roupa que preferisse quando estivesse trabalhando. Nunca imaginara ter que usar um vestido cheio de babados e fricotes, mas sabia que precisava representar bem o papel que escolhera para si mesmo.

Aquilo era apenas mais uma parte do golpe, disse para si mesma, resoluta. Apenas isso.

Ela deixou o banheiro e Pape Paul, que se atirara na cama e estava entretido fumando um cigarro de palha, quase engasgou de susto e espanto.

— Você tá... tá...

— Qualquer comentário e vai engolir o charuto.

Paul mordeu o cigarro e guardou somente para si o que achava de Juliette. Seus olhos brilhavam cada vez que olhava para a garota que, entrementes, estava entretida em arranjar um jeito de esconder seu material de "trabalho" no meio de tantas rendas. Ela consultou um relógio dourado que jazia em cima da cama.

— Temos pouco tempo. Está na hora de irmos.

Paul continuava a observá-la, com um olhar perdido.

— Pape?

Pouco a pouco, a brasa estendia-se por todo o corpo do cigarro, consumindo o fumo.

— Pape??

O olhar perdido. O cigarro acesso. E...

— Ai! Caramba! — gritou ele, sacudindo os dedos queimados.

Juliette girou os olhos para cima.

— Vamos.

Os dois abandonaram o quarto. O Sr. Valérian ainda estava lá. Ele não teceu um único comentário antes que os levassem até os fundos da Esfinge.

— Madame Cocotte oferece sua carruagem particular. Tomas os levará aonde vocês quiserem — disse o mordomo, em uma voz límpida e monocórdica.

Juliette agradeceu antes de gritar um endereço para o cocheiro, que assentiu com um gesto do boné. Pouco depois, a carruagem negra e dourada atravessava o átrio escondido entre dois edifícios cabisbaixos e avançava pelas ruas de Paris.

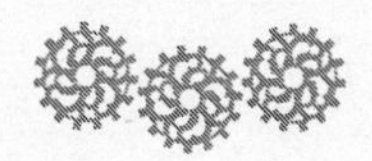

Juliette pediu que a carruagem os deixasse há algumas quadras da Rua Richelieu. Dali, ela e Pape seguiriam a pé, em direções opostas, pois não podiam ser vistos andando juntos. E a caminhada também serviria para acalmar seu coração nervoso.

Já estivera em situações semelhantes antes — que seu tio pudesse perdoá-la, já estivera em mais situações semelhantes do que gostaria de lembrar —, mas, mesmo assim, ainda sentia o frio se instalar no ventre quando estava prestes a aplicar um golpe. A temperatura abaixava a cada dia e garota precisou fazer força para firmar o corpo contra o vento.

"E se desse tudo certo?", pensou, enquanto fiapos congelantes enrodilhavam-se em seus cabelos. "Receberia o suficiente para se sustentar para os próximos meses? Neste caso, poderia se concentrar em achar os assassinos do tio. O que faria, então?"

A pergunta impertinente ficou dançando em sua mente por alguns momentos, até que Juliette a espantou para os recônditos mais escuros da sua cabeça. Não podia se permitir o luxo de devaneios enquanto se aproximava do objetivo. Era contraproducente e, muito provavelmente, perigoso.

Na verdade, todo o golpe dependia da combinação que fizera com Pape Paul. O plano era simples, diabolicamente simples, poderia pensar, se fosse um pouco supersticiosa, coisa que não era. Qualquer tolice neste sentido havia sido arrancado do seu ser quando se mudara para a casa do tio. Não que ele a obrigasse a qualquer coisa, claro. Mas como um homem que acreditava que a razão estava acima de tudo, ele explicara, com paciência e de forma metódica, por que não acreditava em cada uma das tolices que os adultos teimavam em encher as cabecinhas das crianças desde a mais tenra idade. E Juliette acabou concordando com o tio, de corpo e alma.

A tarde já findava. Eles haviam alcançando a Rua Richelieu um pouco depois das cinco badaladas. O mordomo do nº 32, o Sr. Nariz Comprido, já devia ter saído, assim como vários dos outros empregados. Era uma tarde gelada, mas o sol brilhava lá em cima, mesmo que enfraquecido pelo outono inclemente. Havia pouca movimentação na rua. Ela passou por um cavalheiro com seu aristocrático drozde airedale terrier, que passeava enquanto fumava um charuto; e duas damas, acompanhadas por drozdes felinos, que conversavam em voz baixa e cumprimentaram Juliette com menear da cabeça. A garota, acostumada a ser ignorada, fruto de seus trajes puídos e sujos, levou um susto e quase demorou para responder ao cumprimento.

Abrindo um sorriso amarelo, ela apressou o passo. Precisava estar na frente do edifício quando encontrasse Pape.

O garoto fizera a volta na quadra e vinha em direção contrária, as mãos nos bolsos, o olhar no chão, pisando duro. Juliette esticou as costas e caminhou o mais tranquilamente que pôde, como se a presença de Pape tivesse tanta importância quanto uma pelota de sujeira. E, conforme o combinado, assim que eles alcançaram a entrada do edifício do misterioso colecionador, Pape atacou.

A ideia era que ele puxasse sua bolsa — uma coisa escandalosa, cheia de brocados, que ela pedira emprestado à Madame Cocotte —, mas Juliette quis fazer a coisa bem feita. Quando Pape puxou a bolsa, ela o puxou de volta. Pape era mais alto, mas a garota era mais forte e o puxão o pegou desprevenido e ele caiu ao chão.

— Que porcaria...

— Se levante — sibilou ela, irritada. — Se levante!

Pape se levantou, amuado, e puxou a bolsa com força. A alça arrebentou e ele caiu no chão novamente.

A garota revirou os olhos por um segundo antes de começar a sua parte do plano. Ela soltou a bolsa com um gesto dramático e pôs-se a gritar.

— Socorro! Socorro! Acudam!

Imediatamente, cabeças se arriscaram para o lado de fora; a primeira, Juliette poderia jurar, fora a Sra. Certinha do nº 11, mas ela não estava interessada naquela mexeriqueira. Um sujeito com galardões de porteiro irrompeu de um edifício, meia quadra acima. Outro espiou para o lado de fora, tremendo, os modos raquíticos e temerosos. Juliette os ignorou. Não estava interessada em nenhum deles.

Pape se levantou, aturdido, quando o porteiro finalmente saiu do edifício, com uma vassoura nas mãos.

— Ladrão! — gritou ela. — Ele está fugindo com a minha bolsa — acrescentou, olhando incisivamente para Pape, que, finalmente pôs-se a correr.

O porteiro saltou os degraus com uma desenvoltura que a garota não poderia imaginar de um sujeito baixinho, meio gorducho e com as bochechas rosadas.

— Você está bem, senhorita?

— Oh, sim, sim... Um pouco abalada, talvez — disse ela, colocando a mão na testa e baixando os olhos.

— Entre, entre, senhorita, vou lhe preparar um chá.

Juliette retesou o corpo e pensou rápido, erguendo as faces com uma expressão de terror.

— A minha bolsa! A minha bolsa! O dinheiro da minha avó. Todo o dinheiro dela, minha pobre avó doente...

O porteiro olhou para a menina e seus olhos suplicantes. Juliette piscou com desenvoltura.

— Eu preciso de minha bolsa, gentil senhor.

Foi o suficiente. Munido de sua vassoura, ele se pôs a correr, enquanto Juliette subia os degraus para dentro do edifício, aparentando uma palidez que não sentia. Olhou rapidamente para a rua. Pape era veloz, e seria bom que o fosse, já que mais dois ou três homens resolveram acompanhar o porteiro e já saiam em sua perseguição.

"Praga!" — pensou, irritada. — "Será que havia tantos cavalheiros assim naquela cidade?"

Mas não podia se preocupar com isso, agora. Não adiantaria nada Pape estar correndo tamanho perigo se ela não cumprisse com a sua parte no plano. Ela subiu os últimos degraus e entrou pela porta da frente, exatamente como disse que o faria quando estivera empoleirada no telhado, há alguns dias.

Não podia perder tempo. Já havia se passado mais de quinze minutos após as cinco e ela não sabia quando o Sr. Alvo retornaria. Com os passos mais rápidos que aqueles malditos sapatos lhe permitiam, ela subiu até o terceiro andar. Por sorte, não encontrou ninguém nos corredores. Ela puxou a bolsa de ferramentas de dentro do vestido e pôs-se a trabalhar.

"Caramba!" — resmungou, enquanto os minutos passavam.

Aquela era a fechadura mais difícil que ela já arrombara. Aprendera os truques da profissão com Will Mãos Trocadas, um inglesinho que fora abandonado em Paris pelo padrasto depois que sua mãe morrera. Aparentemente, o pai substituto não apreciava o fato de ter que dividir o dinheiro da mulher com o garoto. Ele o levara até o outro lado do canal, a pretexto de uma viagem qualquer, e simplesmente o abandonara.

Desde então, Will, que era canhoto, ganhava a vida praticando pequenos roubos em casas e apartamentos vazios, entrando e saindo sem ser notado.

Ela treinara com o pequeno inglês quase à exaustão, mas, agora, ruminava que talvez tivesse que ter praticado ainda mais. A fechadura era complexa e cheia de reviravoltas. Foi necessário pedir ajuda à sua centopeia mecânica, que usara toda a força de suas molas para arrebentar o fecho. Fosse o que fosse que o Sr. Alvo guardava ali dentro, deveria ser valioso.

Juliette deu dois passos para dentro do apartamento acarpetado quando um silvo agudo se seguiu a um esvoaçar em seus cabelos e uma pancada curta na porta. Ela se virou e notou um dardo mortal cravado na madeira. Se ela fosse uns quinze centímetros mais alta, sua garganta teria sido dilacerada.

Engoliu em seco. De quem estaria invadindo o apartamento, afinal? Que outros mecanismos de segurança existiram?

Tirando os sapatos, avançou pelos tapetes felpudos com cuidado. Após atravessar o hall, passou por uma suntuosa e bem decorada sala de estar, que possuía uma ampla e confortável lareira. Havia alguns quadros interessantes nas paredes, uma ou outra escultura de bom gosto, mas nada da coleção do Sr. Alvo. Avançou pelos outros dormitórios. Encontrou o quarto de vestir, o quarto de dormir, um quarto de hóspedes, um gabinete, uma sala de leitura, a cozinha, banheiros... No entanto, não havia nada. Onde estariam as peças? Em um cofre oculto?

"Isso seria ridículo!" — rosnou para si mesmo. Se ele fosse um Colecionador de arte, precisaria de um cofre enorme, do tamanho de um quarto!

"Ou de um apartamento?"

A ideia o pegou desprevenida e ela precisou repetir para si mesmo para pôr os pensamentos em ordem. O apartamento nº 22, era claro. Ele permanecera fechado durante toda aquela semana. Isso não era incomum, no entanto...

E se ele tivesse sido comprado pelo misterioso Sr. Alvo? E se ele não fosse, realmente, um apartamento comum, sem inquilino?

Valia a pena investigar, pensou ela. E agora, sabendo o que procurar, foi muito mais fácil. Atrás de uma porta, que parecia guardar um simples armário de vassouras, havia um trinco minúsculo escondido. Ela girou e uma porta escondida abriu-se para uma escadaria. Havia um interruptor de luz, mas depois que houve na entrada, ela preferiu não arriscar. Da sacola, retirou um autômato de repetição em forma de besouro. Ela detestava destruir seus brinquedos mecânicos, pois sempre estabelecia uma conexão permanente com eles.

Com uma ponta de irritação que a fazia piscar demais, ela modificou as minúsculas engrenagens do besouro mecânico com uma chave de fenda e, então, deu corda no mecanismo e largou o aparato no topo da escada. O bichinho circulou por entre os degraus em um movimento uniforme até interromper o que pareceu à garota um feixe de luz. Foi o suficiente para que mais setas disparassem de um lado para o outro, atravessando toda a extensão da escada e perfurando boa parte do cubículo de vassouras.

Se Juliette ainda estivesse ali, teria se transformado em um porco-espinho. O autômato continuou seu trabalho até o fim, mas nenhuma outra armadilha foi disparada. Era o suficiente. A garota desceu as escadas com cuidado e agarrou o besouro mecânico. Estava na hora de verificar o que era tudo aquilo.

Com uma lanterna que trouxera em sua sacola, ela desceu para o apartamento nº 22.

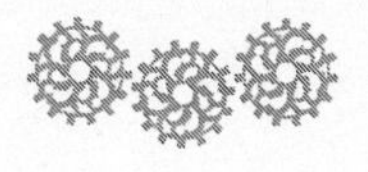

Se alguém, em algum momento pregresso, tivesse contado para Juliette o que ela encontraria lá dentro, provavelmente ela acusaria tal pessoa de mentirosa. Se o Sr. Alvo fosse um Colecionador, provavelmente ele seria um dos mais ricos da Europa. Se fosse um contrabandista, talvez fosse o mais bem sucedido. Se fosse um ladrão, bem... Então, ela estava em maus lençóis.

Boa parte das paredes do nº 22 fora derrubada, restando apenas as colunas que serviam de sustentação e pequenos espaços onde quadros famosos estavam dependurados. Ela conhecia pouca coisa de arte moderna, mas sabia o suficiente da escola para reconhecer um Raffaello ou um Botticelli quando visse um. Também havia esculturas. E dobrões, ducados, florins, guinéus, pedrarias e diamantes. E adereços dos mais diversos tipos. E colares. E duas coroas. E tapetes enrolados. E mobílias finas. E brocados. Papeis se avolumavam em duas bancadas. Ela não sabia o queria dizer Títulos do Exterior ou Títulos da Dívida Pública, mas não tinha dúvidas de aquilo valia muito dinheiro. Por um momento, cogitou em encher a sacola com os papeis, mas, refletindo melhor, compreendeu a inutilidade do ato. Não sabia a quem vendê-los ou como trocá-los por dinheiro vivo.

Poderia levar algumas moedas de ouro, mas, na verdade, seria muito melhor se tivesse encontrado pilhas de francos.

No entanto, tinha um objetivo claro. Precisava dos artefatos religiosos. Aquilo satisfaria Pape e a Madame Cocotte. Quanto ao resto... Bem, era ela que estava se arriscando, não era? Era justo que tivesse uma parte somente para si.

Não foi difícil encontrar o que procurava. Ela vira a Cruz Azul inúmeras vezes e a reconheceu assim que pôs seus olhos em cima da peça. Ela colocou em sua sacola a Cruz, dois cálices e mais dois crucifixos cravejados e pedras que encontrara junto. Aquilo deveria servir para satisfazer o tal comprador que Pape arranjara. Quanto às moedas de ouro, venderia para o Mosca, um receptador baixinho e mal encarado, mas que era um dos únicos que aceitava trabalhar com crianças.

Certo. Estava na hora de dar o fora dali. Com os passos rápidos, Juliette subiu até o apartamento de cima e correu até a sala. Estava calçando seus sapatos, quando seu coração gelou ao ouvir a maçaneta girando. Demorara tanto assim? Ou o Sr. Alvo retornou mais cedo? Não saberia dizer, e não importava agora. Como um gato, ela saltou até atrás de um sofá de cetim e esperou.

Ela viu os sapatos brilhantes do Sr. Alvo abrindo a porta e engoliu em seco ao ouvir o característico barulho de uma arma sendo engatilhada. Fosse porque ele encontrara o dardo cravado na porta ou porque o mecanismo que destrava a armadilha estava solto, era óbvio que o Sr. Alvo sabia que alguém invadira seu apartamento. O problema era: que tipo de homem seria o Sr. Alvo? Seria alguém intempestivo, que correria até o apartamento de baixo para ver se alguém descobrira seu segredo? Ou seria meticuloso e calmo, e revistaria cada centímetro de sua casa?

Infelizmente, para Juliette, o Sr. Alvo parecia ser alguém do segundo tipo. Com os passos leves, ele começou a percorrer a sala, afastando cortinas e investigando cada canto. Para sua sorte, ele iniciara no outro lado, mas bastaria poucos segundos para que ela fosse descoberta. E pela quantidade de mercadorias roubadas estocadas no nº22, seria óbvio que seu próximo destino seria o fundo do Rio Sena.

Com os movimentos rápidos e silenciosos, Juliette deu corda novamente no besouro autômato, girou uma chave e o largou embaixo do sofá. O inseto disparou com suas patas mecânicas, correndo até o corredor. O Sr. Alvo se virou abruptamente, provavelmente por causa do vulto negro do inseto. Então, eles ouviram duas pancadas no quarto, seguidas de uma batida mais forte e furiosa.

O Sr. Alvo correu até lá e Juliette aproveitou para esgueirar-se para fora do apartamento. Seu coração só voltou a bater quando ela estava no corredor. Respirando pesadamente, ela foi até as escadas e, com um golpe só, arrancou o vestido, deixando à mostra os andrajos que vestira por baixo. Depois, tirou alguns ramalhetes de flores da sacola, limpou o pó das faces e prendeu os cabelos com um pano imundo. Então, desceu as escadas.

— O que estava fazendo aqui, menina? — gritou o porteiro, que estava na frente do edifício, ainda procurando a pequena jovem, vítima de um furto ignóbil.

— Vendendo flores, meu senhor. Quer uma? São dois...

— Suma-se daqui antes que eu lhe ponha a ferros! — berrou ele, ameaçando-a com sua vassoura.

Juliette se encolheu para não receber uma vassourada e se afastou, tímida. Ela seguiu tranquilamente para as ruas.

Apenas uma pequena florista, que levava uma fortuna em sua sacola.

Pape Paul só apareceu no teatro abandonado no outro dia. Ele parecia tenso e seu rosto estava pálido e cansado. Juliette temeu que ele fosse desabar com um vento mais forte.

— Por onde você esteve? — arriscou-se a perguntar.

— *Tava* escondido, não é? — disse ele, exaltando o óbvio. — Um monte de polícia sabendo de mim. Estão na minha cola. Isso não é direito. Não é mesmo.

— Bem, me desculpe.

— Fique vendo a lua toda a noite.

Juliette estremeceu. Não era por acaso a expressão de penúria de Pape. Ver a lua era um eufemismo; queria dizer que o garoto passara toda a noite correndo de um lado para o outro, sem dormir.

— Tá tudo bem — finalmente disse ele, com um dar de ombros que poderia ser interpretado como um abnegado ato de coragem pessoal. — E o saque?

Juliette agradeceu pela mudança de assunto.

— Achei tudo, menos a Cruz Azul — mentiu ela.

Pape cuspiu no chão. Juliette pensou em reclamar, mas ela achou melhor se calar. O garoto já sofrera demais por sua causa.

— Diabos! Ele queria a tal Cruz.

— Bem, então que volte lá para buscar. Eu é que não volto mais.

— Mas e o resto?

— Está tudo aqui — disse ela, tirando as coisas das sacolas. — Dois cálices e dois crucifixos. E algumas moedas — disse ela, tomada de súbita generosidade.

Pape mordeu uma delas com força e ergueu os olhos em admiração.

— É ouro mesmo.

— Isso não é para o Comprador. O Mosca vai ter que nos pagar melhor desta vez.

— Com certeza. Aquele sujeitinho não vai nos enrolar, não. Isso aqui vale um bom bocado.

Juliette assentiu.

— E o Comprador?

— Posso achar ele amanhã. Já foi difícil fugir pra cá. Os quebradores tão querendo curtir a minha cara. Vou precisar dar um tempo depois disso.

— Venda estas coisas e as moedas, e vai poder passar um tempo no litoral — disse Juliette.

Ele sorriu com esta perspectiva.

— Ia ser bom. Mas melhor com companhia.

— Chame o Juan — respondeu Juliette, desligada.

— Não *tava* pensando nele.

— Então, estava pensando em... ah!

Foi a vez de Juliette corar, mas ela se recuperou logo.

— Tenho o que fazer aqui. Muita coisa — disse, depressa, voltando a arrumar as peças dentro da sacola, o rosto afogueado. — O dinheiro vou gastar em algumas coisas que preciso. Preciso pensar no futuro.

— Não tem futuro pra gente como a gente. Só tem o que acontece agora.

Juliette sentiu uma pontada doída, mas não podia se deixar levar pela lógica de Pape.

"Ainda não, pelo menos".

— Ache o Comprador.

Pape deu de ombros e desapareceu, sem se despedir. Juliette sabia que algo havia se rompido entre eles. Nunca mais seria a mesma coisa e ela sentiu uma pontada de ódio do rapaz por causa disso. Por que ele não poderia deixar as coisas como elas eram?

Irritada, ela comeu o resto do pão endurecido e se recolheu no interior do Teatro. Emocionalmente exausta, passou o resto do dia embaixo do cobertor sujo, alimentando o fogão para se esquentar e lendo um dos poucos livros que ela conseguira catar no lixo.

A pequena faísca que foi usada para acender o cigarro na piteira brilhou intensamente no escuro breu do teatro. Juliette saltou, completamente desperta, os instintos adquiridos nos últimos meses que vivera nas ruas. A piteira afastou-se do rosto do seu atacante e ela se viu tateando no chão, em busca de uma arma.

Então, um clique característico a interrompeu. Uma pistola sendo engatilhada. Um som que ela já ouvira antes.

— Acenda seu lampião, mon cheré. Não quero que se machuque andando por este piso imundo.

Juliette obedeceu, mais para ter o que fazer enquanto pensava em uma solução do que qualquer outra coisa. Quando as chamas dançantes lançaram suas sombras claras pelo recinto, ela não se surpreendeu ao encontrar o Sr. Alvo, de fraque requintado, sapatos bem engraxados, bengala e uma cartola. Seu drozde raposa enroscava-se no amo, ronronando baixinho.

— Confesso que estou curioso — disse ele, tragando novamente. Sua voz era jovial e havia um traço de admiração nela. Seu rosto era bem formado, olhos brilhantes e dentes perfeitos. Um verdadeiro gentleman.

— Estive rondando o local nas últimas horas e vasculhei as suas coisas, mas...

Juliette virou-se para o lado, estupefata, dando-se conta que a sua sacola sumira. Todos os bens roubados, as moedas, os dois crucifixos, os cálices. Tudo havia desaparecido. Diabos! Quem era aquele homem? Como ele conseguira roubar tudo na frente do seu próprio nariz?

O homem sorriu, adivinhando-lhe seus pensamentos.

— Não foi difícil, minha cara. Você é boa, mas eu sou o melhor. Já me perguntei várias vezes por que outros não escolhem a confortável profissão de ladrão. É algo cômodo e até mesmo repousante, para quem possui o talento. Você tem um tiquinho dele, admito. Conseguiu lubridiar o nosso bom e velho Sr. Cortez.

Juliette imaginou que ele estivesse se referindo ao porteiro.

— Depois de contabilizar meu prejuízo, que não fora muito, devo admitir, já que foi uma das duas únicas pessoas do mundo que já tiveram o prazer de ver minha coleção, desci para a portaria. Não foi preciso mais do que uma meia garrafa de vinho para tomar-lhe toda a verdade.

Ele bateu as palmas por um instante.

— Um assalto a uma menina, hein? Que ideia interessante. Posso aplicá-la mais tarde, para coisas maiores, é claro. Então, ele sai atrás do meliante e, quando retorna, derrotado, não encontra mais ninguém. Mas, ora vejam, quem sai do edifício? O pobre idiota acabou me comentando isso quase por acaso. Uma gentil vendedora de flores, uma jovem senhorita, suja e maltrapilha.

O Sr. Alvo balançou a cabeça.

— Não seria preciso muito para imaginar o que havia acontecido, mas o Sr. Cortez nunca foi conhecido por usar o seu cérebro. Devo admitir que acho que ele não possui muita coisa dentro daquele crânio. Mas, enfim, isso respondia a algumas questões: como o assaltante entrara? Como ele não fora atingido pelos dardos? Uma criança, não é mesmo? Devo pensar nisso na próxima vez. Dardos mais baixos... Ou mais dardos.

Juliette apenas grunhiu.

— Mas, além do como, meu interesse repousava no quem. Foi quando você cometeu seu erro, minha pequena.

— Erro?

— Seu autômato de repetição. Ele estava destruído, era claro. Arrebentou a própria cabeça no meu quarto de vestir, mas, sabe, cada engenheiro ou artesão tem uma determinada marca. Um estilo, por assim dizer. Conheço o assunto. Passo boa parte do tempo construindo e desmontando artefatos. Faz parte da minha profissão.

Ele tirou uma nova baforada e prosseguiu.

— Perguntei aqui e ali até que me falaram de você: Juliette. A menina mecânica. Que invulgar. Um achado, no mínimo. E vivia em um teatro assombrado no Quartier Montmartre. Ora, que tolos supersticiosos nós somos, não é mesmo?

— Única coisa que concordamos, *monsieur*.

O Sr. Alvo sorriu.

— Fico feliz com isso. O resto, no entanto, foi fácil. Esperei anoitecer e fiz o meu trabalho, como você também o fez. E, agora, você vai me responder algumas perguntas.

— Por que faria isso?

O Sr. Alvo engatilhou novamente a pistola.

— Vai me matar?

— *Non*! — exclamou ele, parecendo horrorizado. — Eu não mato, a não ser em último caso. Nunca faria isso com uma criança. Mas não tenho escrúpulos sobre penalizações. Uma bala na mão provavelmente faria o meu trabalho. Uma artesã...

— Eu sou uma engenheira!

— Mil perdões — pediu ele, com um gesto gracioso. — Uma engenheira com uma mão machucada estaria em maus lençóis.

— Você já pegou todas as suas coisas de volta. O que quer mais?

Ele sorriu.

— Sim, peguei quase tudo de volta. Mas, na verdade, estava me perguntando o porquê de esconder isso aqui.

E o Sr. Alvo retirou de dentro do casaco uma saca parda de papel comum, utilizada para embrulhar pães.

Juliette sentiu o estômago embrulhar. A Cruz Azul... A sua Cruz Azul! Como ele achara? *Como?*

— Tencionava enganar o Comprador ou o pequeno pilantra que é seu comparsa?

— Ela é minha — foi só o que ela conseguiu sibilar.

— Tecnicamente, ela pertence às Irmãs Índigo. E, até ontem, à minha coleção pessoal. Dificilmente, ela poderia ser considerada sua.

— Eu a mereço.

Ele puxou uma nova baforada.

— Esta noite está ficando interessante... Você foi ousada, menina, devo admitir. Poucos teriam sua ousadia. Ou foi só burrice, mesmo. Não sabe quem eu sou, sabe?

Juliette comprimiu os lábios.

— Segunda opção. Que pena. Mas lhe dou crédito por ter conseguido. Mas, para realmente merecer, não basta tomar. Tem que saber manter. E, nisso, minha cara, pelas suas atuais condições, é fácil perceber que ainda és apenas uma aprendiz.

— O que você quer, afinal?

— Você pegou alguns artefatos específicos. Um conjunto, para ser mais exato. Mas separou o mais valioso deles. Por que ficou com a Cruz Azul? — perguntou o Sr. Alvo

— Gosto dela.

Ele ergueu as sobrancelhas.

— Tenho uma pistola nas mãos, mas você teima em mentir. Isso é um tanto irritante.

— Não vou lhe contar nada — disse ela, apertando os lábios.

— Não? Talvez não precise. Uma moça, uma menina, órfã, aparentemente, com raiva das Irmãs Índigo. Raiva o suficiente para arriscar o próprio pescoço e assaltar a minha casa apenas para colocar as mãos em um artefato que, tenho certeza, elas choraram muito ao perdê-lo.

— O que elas fizeram com você, menina? — continuou ele. — Obrigaram-na a lavar suas comadres? Fizeram-na rezar três vezes por dia? Há destinos piores, sabe. Uma vez...

— Você não tem ideia! — exclamou Juliette de repente. — Não tem a mínima ideia, Sr. Alvo Certinho de Roupas Chiques! Não sabe o que é ser tratada como inferior. Como alguém que só existe para servir. Como um objeto de decoração. E ter que ouvir isso quieta! Todo dia! Todo o santo dia!

Depois do rompante de Juliette, somente o vento encanado podia ser ouvido dentro do teatro.

O Sr. Alvo voltou a falar, com uma voz lenta e bem mais respeitosa.

— Minha segunda pergunta é ... Quem encomendou o assalto?

Juliette precisou de alguns minutos para se recompor. O homem não a pressionou.

— Eu não sei — ela disse, afinal.

Ele fungou, impaciente.

— É verdade — ela repetiu. — Foi... o meu comparsa. Ele falou com o Comprador. Não sei quem ele é.

— Mas ele sabe.

— Sim — admitiu ela. Não adiantaria mentir, era claro.

— Então, vamos atrás dele.

— Não sei onde ele se esconde. Ele ficou de voltar aqui, pela manhã.

O Sr. Alvo encarou a garota por vários momentos, provavelmente tentando se decidir se acreditaria nela ou não.

Com um suspirou, escolheu a primeira opção.

— Então, só nos resta esperar, *non*?

Juliette assentiu, com relutância.

Mas Pape Paul não aceitou a interferência de Sr. Alvo com tanta elegância. Ele grunhiu, resmungou e tentou empurrar o homem, que se defendeu com um giro de corpo e uma rasteira. Depois disso, ele sacou sua pistola e os ânimos do garoto arrefeceram.

— Melhor assim, não é mesmo? — disse, medindo-o da cabeça aos pés. — Sei que garotos de rua costumam ser rudes e mal educados, mas imaginei que o comparsa de Mademoiselle Juliette tivesse mais finesse. Me enganei? Que pena. Uma estranha escolha para um companheiro, mas você deve saber o que está fazendo, menina.

— Pelo menos, ele é leal.

O Sr. Alvo se permitiu um sorriso.

— *Touché*. Vamos?

Pape se virou para Juliette, que deu de ombros. Não havia nada que eles pudessem fazer.

O trio deixou o teatro abandonado; Juliette e Pape na frente, o Sr. Alvo atrás. Deixaram para trás a pastelaria fechada e os restaurantes, cujos donos varriam para fora os restos da última noite. Passaram por uma padaria ensebada, onde a garota insistiu em comprar uma saca de pães; a viagem seria longa e ela se sentia tonta pela falta de comida. O Sr. Alvo permitiu e, na verdade, até mesmo pagou pelos pães. Depois, retomaram o caminho.

Se alguém achou estranho um cavalheiro elegante estar na companhia de um garoto e uma garota de rua, não se manifestou. Naquele bairro, não se meter em negócios alheios era sinal de inteligência e, muitas vezes, uma questão de sobrevivência.

Eles atravessaram parte da cidade em uma carruagem coberta, alugada pelo Sr. Alvo. Protegidos pelas portas de polideído, os três passageiros observavam a multidão lá fora com pensamentos distintos. Juliette arquitetava e descartava planos, um após o outro, tentando buscar uma brecha onde pudesse escapara com a Cruz Azul ou, pelo menos, com parte de seu roubo. Enquanto isso, Pape Paul buscava incessantemente uma fresta por onde fugir. Ele era como um rato acuado; ao garoto não importava o roubo — sempre havia outros almofadinhas a serem roubados —, mas somente a liberdade. E, por fim, o Sr. Alvo pensava no misterioso oponente que tentara usar de tais subterfúgios para recuperar a Cruz Azul. Não seria da parte da Madre Agatha, tinha certeza. A velhota era arrogante até a alma e preferiria perder o resto de suas relíquias a utilizar métodos tão vulgares.

Bom, este era um mistério que estava prestes a ser esclarecido. E era melhor ele ficar de olho naqueles dois jovens, a garota em especial. Havia um brilho nos olhos da tal Juliette que ele reconhecera poucas vezes antes.

Eles abandonaram o cupê duas quadras antes do ponto de encontro e seguiram pelas ruas movimentadas do Entrepot até um pequeno café. Lá, sentado em uma pose aristocrática e com o nariz enfiado em um jornal, estava uma figura bastante conhecida pelo Sr. Alvo.

Houve um momento de choque. Ele fitou o homem sentado por um longo momento e não precisou do cutucão de Pete Paul para saber quem era o misterioso contratante. Os ombros eretos, o nariz adunco, o maldito e fedorento cachimbo...

— *Mais oui, bien sûr!* Ele!

— Quem? — perguntou Juliette.

— Um velho amigo, por assim dizer — respondeu o Sr. Alvo, com os dentes apertados. — Do outro lado do canal.

— Britânico?

— *Oui*, minha cara — resmungou, olhando feio para o outro lado.

Nisso, Pape se espichou para ver melhor, ficando na ponta dos pés e ...

Juliette só precisou de um pequeno empurrãozinho e Pape caiu por cima do Sr. Alvo. Os dois se embolaram por um momento, o drozde raposa do Sr. Alvo rosnando para Pape e seu pequeno drozde pardal. Juliette os ajudou e, em pouco tempo, já estavam em pé.

O Sr. Alvo passou um olhar zombeteiro da garota para o rapaz, que parecia encabulado, mas não teceu comentários.

Eles abandonaram a berlinda da praça um pouco depois, deixando para trás os garçons e se aproximando de um ancoradouro no Rio Sena. Ali, o Sr. Alvo barganhou por alguns momentos antes de contratar uma lancha particular.

— Bom, é aqui que encerramos nossa pequena *tournée*, por assim dizer — disse o Sr. Alvo, baixando o fronte, sem tirar os olhos dos dois. — Foi uma honra conhecê-la, minha cara. É, provavelmente, a garota mais inteligente que já conheci.

— Fico honrada, Monsieur Lupin.

O homem piscou por um momento.

— Então, sabia?

— Não, no início. Mas ninguém fica tanto tempo nas ruas sem conhecer suas lendas. E poucos são tão autoconfiantes e gostam tanto do som da própria voz do que o grande Arsène Lupin,

Lupin soltou uma gargalhada.

— *Brave, men enfant*. Bravo. *Oui*, tem razão. Sou Arsène Lupin, o Mestre dos Ladrões. E não falo por falar. Você, mais do que todas as pessoas, sabe que digo a verdade.

Juliette fez um aceno positivo, lembrando-se do suntuoso apartamento escondido com o butim recolhido por Lupin em sua carreira criminosa.

O marinheiro fez um sinal e Lupin saltou na lancha. Estavam prontos para partir.

— Se já me conhecia, *Mademoiselle* Juliette, deveria saber que não cairia em um truque tão velho. Sabe, é impossível enganar Lupin. Eu sou o mais rápido e o mais esperto. Isso é uma lição que precisa aprender. Suas mãos são habilidosas, mas eu sempre sei quando mexem em meus bolsos — disse, puxando o saco pardo do casaco. — Troquei novamente os sacos um pouco depois do seu pequeno truque, mademoiselle.

— Eu contava com isso, *Monsieur* — respondeu-lhe a garota, gritando para o barco que se afastava. — Tinha certeza que o senhor não perderia a oportunidade em dar-me uma lição. *Adieu*, senhor.

E Juliette saiu correndo. Pape olhou para Lupin e os dois se encararam com um olhar estranho, antes do garoto sair no encalço da amiga, sem entender patavina.

Na lancha, Arsène Lupin ergueu uma sobrancelha. Depois, outra. Então, com um gesto rápido, abriu a sacola parda, para encontrar, somente, os pães duros que Juliette comprara na padaria.

Um sorriso estranho surgiu em suas faces. Ela o enganara, afinal. Fingira trocar as sacolas, pois sabia que não poderia fazê-lo. O truque fora brincar com o orgulho desmedido de Arsène Lupin. E ele caíra como um patinho. Lupin fizera o que somente Lupin poderia fazer: realizou a troca das sacolas.

Ele assobiou alto, entre irritado e impressionado.

Pelo menos uma vez em sua vida, Arsène Lupin fora enganado.

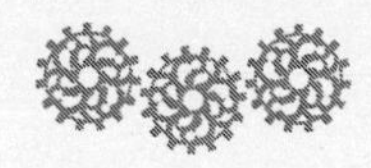

— O que foi tudo aquilo, afinal? — perguntou Pape, quando a alcançou.

— Apenas uma brincadeira — respondeu Juliette, apertando ainda mais contra si o saco com a Cruz Azul. — Precisamos nos apressar. Preciso pegar minhas coisas.

— Suas coisas?

— Ele conhece meu esconderijo, Pape — explicou-lhe Juliette. — Já basta ele ter me roubado tudo uma vez, não é? Lá não é mais seguro.

— E para onde vai?

— Não sei. Não tenho mais dinheiro, tenho? Ele ficou com tudo. Preciso arranjar um novo lugar.

— Tem barracões sendo construídos no Campo de Marte.

— Onde vai ser construída a tal Exposição Universal? Já ouvi falar. Mas tem gente demais. Preciso de um lugar mais calmo.

— Talvez, no litoral...

— Já disse que não, Pape — cortou ela, firme. — E, além disso, você não tem mais dinheiro também, não é? O que faríamos no litoral?

Pape deu de ombros. Agora, aquele plano não faria mais sentido, mesmo.

— Bem, tem um sujeito nos Portos Lyon que...

— Não quero saber nada das Docas. Lá só tem gente ruim.

Pape concordou com um dar de ombros. Ele puxou o resto de uma massa pastosa de dentro de uma latinha e enfiou na boca. Enquanto mascava tabaco, subitamente se lembrou.

— Eu ouvi falar de um garoto. Ele acabou de chegar de Londres. Tá organizando uma coisa grande no Centro.

— Uma gangue? — perguntou Juliette, pronta para descartar a possibilidade.

— Algo maior do que isso. Ele tem experiência. Diz que aprendeu com os melhores, na Ilha.

A garota acentuou a expressão, em dúvida, mas, na verdade, estava com poucas opções.

— Certo. Quem é ele?

Pape Paul coçou a cabeça.

— Acho que seu nome é Oliver. Oliver Twist.

5. LE CHEVALIER

O Pêndulo da Morte

Arredores de Paris, 1865

O pêndulo balançava, inexorável, marcando o tempo que lhe restava. A cada novo tiquetaquear do sinistro carrilhão, a lâmina afiada aproximava-se do pescoço descoberto, riscando o ar e refulgindo o dourado das chamas dos lampiões.

Uma vez mais, ele tentou se livrar das cordas que o prendiam à dura cama de ferro e, uma vez mais, fracassou. As amarras eram fortes, seu corvo drozde fora engaiolado e ele estava sozinho, as esperanças esvaziando-se como os grãos de uma ampulheta.

O som de uma chave girando na fechadura chamou a sua atenção. O ferrolho deslizou para o lado e a porta abriu-se com um ranger riscado. Uma senhora altiva entrou na sala, as mãos delicadas junto ao peito e uma expressão autoritária no rosto. Atrás, um drozde símio caminhava com passos curtos. Depois de examinar rapidamente o mecanismo infernal, ela aproximou-se do homem:

— Confortável, Chevalier?

Ele abriu um sorriso presunçoso e teria dado de ombros se pudesse se mexer:

— As acomodações não são das melhores e o serviço de quarto é péssimo, mas já estive em lugares piores.

Ela pareceu ligeiramente irritada.

— Arrogante até o fim. Sempre o odiei por isso, mesmo quando trabalhávamos juntos.

— Pelo menos, nunca traí meus princípios.

— Ora, *mon cher*, já deveria saber que a traição é uma tradição de família.

Le Chevalier apenas rosnou em resposta.

Depois de lhe lançar um olhar penetrante, a mulher retirou das vestes negras e formais uma carta de baralho. De um lado, a dama de espadas; do outro, o timbre do corvo. Com um movimento rápido, depositou a carta sobre o peito de Chevalier, que engoliu em seco.

— O assassinato de um agente do Bureau não passará incólume, Madame Raven. Desista desta loucura.

Ela se permitiu um sorriso enquanto se afastava.

— Com satisfação cumpriria minha pena, agente, mas não pretendo ser apanhada — afirmou, deslizando os longos dedos pelas engrenagens do carrilhão. — É como dizem, não é? A morte está nos relógios.

E, com isso, ela deixou o recinto, abandonando Le Chevalier à morte.

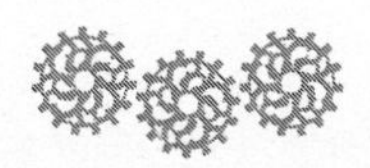

No dia anterior...

— Pelas barbas de Netuno, o que está fazendo com este trambolho?

A pergunta, em tom de espanto, partira de um homem baixinho, que trajava um colete vermelho que pouco fazia para esconder o corpo rechonchudo e atarracado.

Do outro lado estava Le Chevalier. O agente levantou-se da mesa de trabalho e passou os dedos pelo bigode fino, antes de responder:

— É um projeto que estive discutindo com o *ingénieur* Lebeau — explicou, girando a pesada caixa para o amigo. — Um artefato que pode nos ser muito útil, no futuro. Trata-se de um idealizador de photoimagens por raios carmesins.

O homem tirou o gorro de astracã da cabeça e coçou os fios negros. No seu ombro, o drozde mico duplicou os movimentos do seu mestre.

— O *professeur* Verne acredita que a luz se manifesta além do seu espectro visível — continuou. — E a luz carmesim em ondas ínfimas pode nos fazer enxergar coisas que, de outra forma, seriam invisíveis. Nós adaptamos um gerador a corda à uma das lâmpadas de filamento de platina e estamos testando vários filtros especiais...

— Certo, certo, certo — interrompeu o homem, apertando as têmporas. — Isso já está me dando dor de cabeça, *mon ami*. Vamos lá, isso não é coisa para um agente respeitável do Bureau. Deixe estas birutices para Lebeau e seus assistentes. O que você precisa, agora, é de um pouco de diversão, hein? Uma noite no Bal Mabille. Ou uma escapada até as Jarreteiras do Chat Noir, quem sabe?

O drozde corvo agitou as asas metálicas do alto de um estande abarrotado de livros.

— Persa, realmente...

O som de um estampido seco, característico do ar comprimido sendo expelido, interrompeu o agente. Um cilindro de cristal acabara de ser cuspido pelo sistema de tubos pneumáticos.

Persa agarrou o artefato e leu a mensagem rapidamente.

— Estamos sendo convocados.

— O dever nos chama — sentenciou Chevalier, puxando o casaco, a cartola e a longa bengala do porta-chapéus. O corvo drozde planou por um momento até aninhar-se na aba do chapéu. — Depois de você, Persa.

Resmungando, o legionário deixou o apartamento escondido nos subterrâneos de Paris e acompanhou o agente pelos canais da cidade até a sede do Bureau.

O escritório do Major Valois exalava a autoridade de um dos principais comandantes do Bureau Central de Inteligência e Operações, o mais famoso serviço secreto a serviço de sua Majestade, o Imperador Napoleão III, Rei da França. Assentado em uma ilha artificial no meio do Lago Inferior, a oeste de Paris, o prédio neoclássico fora projetado pelo próprio *professeur* Verne. Guardado por dois regimentos especiais da gendarmaria, o forte era considerado inexpugnável e, em suas acomodações, eram decididos os rumos das principais investigações e ações de espionagem do império. Era um trabalho árduo, mas Valois sentia verdadeiro orgulho dele e de seus comandados.

Por isso, sua cabeça fervilhava de irritação e impaciência com aquele caso. Quando Chevalier e Persa foram introduzidos no escritório, ele atirou a pasta para o agente, sem nenhuma cerimônia.

Le Chevalier retirou a cartola, espalhando os longos cabelos negros pelos ombros e, por alguns momentos, deteve-se em ler os documentos. Com um suspiro de desagrado, levantou uma carta de baralho.

— Madame Raven — disse.

Seu corvo crocitou alto e foi fuzilado pelo olhar do gavião mecânico de Valois, que confirmou com um gesto irritado.

— Quem? — perguntou Persa, sem entender.

— Ela foi... uma agente do Bureau — explicou Chevalier, enquanto o Major girava a cadeira para a janela de polideído.

— Há alguns anos, descobrimos que ela era uma agente dupla. Vendia informações a quem pagasse mais. Eu a desmascarei e ela foi presa, mas conseguiu escapar algum tempo depois.

Persa deixou cair o charuto da boca.

— Uma traidora? No Bureau?!

— Sim. A única até hoje que teve a audácia de trair a sua pátria, Persa — rosnou Valois, virando-se de supetão, ainda evitando encarar Le Chevalier. — E é por isso que estou dando prioridade máxima a este caso, agentes. Precisamos capturá-la e levá-la à justiça.

Ele parou por um momento, antes de continuar, em tom mais brando:

— Vou entender se não quiser assumir o caso, Chevalier. Seus conhecimentos seriam valiosíssimos, mas...

— Não precisa continuar, Major. Não vou fugir à minha responsabilidade.

— Esperava que dissesse isso — retrucou o comandante, visivelmente aliviado.

— Vamos, Persa.

— *Au revoir*, Major — saudou o legionário, seguindo o companheiro para fora do escritório com um olhar interrogativo. — O que foi tudo aquilo, afinal?

— Eu conheço a traidora profundamente.

— Como?

— Ela é da família.

Persa engoliu o resto do charuto, num susto.

— Madame Raven é irmã da minha mãe.

Persa seguiu Le Chevalier em silêncio por vários minutos, a informação penetrando lentamente em sua mente. Por duas vezes, ele chegou a abrir a boca para falar, mas as palavras lhe faltaram. Por fim, decidiu não comentar o assunto.

— Para onde vamos, afinal?

— O *ingénieur* Drebbel está desaparecido. Começaremos pela sua casa.

— E a tal carta do baralho?

— A dama de espadas é o cartão de visitas de Madame Raven, por assim dizer. Ela se considera mais esperta do que nós e sente prazer em espezinhar o Bureau marcando suas ações com uma carta do timbre do corvo.

— Mulherzinha sinistra.

— Mas muito hábil. A agente Raven possuía uma língua ferina, mas era extremamente capaz. Nunca a subestime, Persa. Vários agentes perderam suas vidas ao cometer este erro.

O mico drozde enrolou-se no pescoço do legionário, que acariciou o cocuruto metálico do seu companheiro.

Eles abandonaram a *locomotive* pneumática na Gare St. Mery e subiram pela Boulevard de Sebastopol até a Rua Maximiliano, endereço de moradia do *ingénieur* Drebbel. A governanta os deixou entrar.

Era uma criatura pequena e muito aflita, os nervos decididamente abalados pelo desaparecimento do seu senhorio.

— Mademoiselle Janette, eu suponho? Eu sou Le Chevalier e este é Persa. Somos agentes do Bureau e estamos encarregados do caso do monsieur Drebbel.

Ela desatou em um choro copioso antes de abrir a porta.

— Entrem, entrem, meus senhores. É uma tragédia, uma verdadeira tragédia! Ai, o que será de nós sem o pobre M. Drebbel?

Os dois agentes trocaram olhares antes de acompanhar a governanta por entre os corredores atapetados. Ela os levou até o escritório, mas não ousou entrar.

Le Chevalier passou os olhos pelo vasto escritório do *ingénieur*. O local parecia imaculadamente limpo e organizado, como se M. Drebbel tivesse saído para um passeio. Seus papeis continuavam em ordem, assim como os livros, jornais e mesmo um charuto fumado pela metade.

— Onde estava a carta de baralho?

— Em cima da mesa — respondeu Mlle. Janette, agarrada no pequeno drozde texugo que lhe fazia companhia.

— Quem foi a última pessoa a ver M. Drebbel?

— Fui eu mesma, senhor. Trouxe a ceia noturna depois das vinte e uma horas, como era o seu costume. Um prato de sopa leve, pois ele estava trabalhando.

Le Chevalier assentiu, apontando com a bengala para o prato em cima de uma pequena mesa de canto. Persa concordou com um gesto.

— Depois, eu e a cozinheira nos recolhemos. Hoje pela manhã, fiquei perplexa ao não encontrá-lo no vestíbulo. Desci as escadas e não o encontramos em lugar algum. Ninguém o viu sair e as portas e fechaduras pareciam em ordem. Aguardei por algum tempo, mas comecei a ficar preocupada. M. Drebbel era muito importante e temi que o seu desaparecimento não fosse eventual.

— Por que diz isso? — perguntou o agente, enquanto examinava o escritório.

— M. Drebbel era um cavalheiro de hábitos rígidos, senhor. Eu trabalho para a sua família há anos e nunca o vi se afastar de sua programação diária. Ele jamais sairia sem deixar um bilhete.

— Compreendo — disse, incentivando-a a continuar com um olhar.

— Acabei chamando os gendarmes, mas foi um representante do Bureau que apareceu.

— Sim, o nome de M. Drebbel teria provocado isso.

— Ele viu a carta de baralho e saiu correndo, pedindo para que eu trancasse a sala.

— Um sujeito previdente — concordou Persa, que havia lido o relatório enquanto Chevalier examinava a escrivaninha.

— No que M. Drebbel estava trabalhando? — perguntou o agente.

— Não sei dizer, senhor. Mas sei que ele passava muito tempo no *Ministere*.

Le Chevalier ergueu uma sobrancelha.

— O *Ministere de La Vapeur Marine* — explicou ela, com uma pontada de orgulho.

— A Marinha de Guerra? Borrascas infernais, o que ele poderia estar fazendo para aqueles marinheiros de água doce?

— Não sei, Persa, mas isso certamente despertaria o interesse de Madame Raven. Ela já tentou vender planos secretos para nossos inimigos em mais de uma ocasião.

— Diabos de mulher infernal! — rosnou ele, acendendo um charuto.

— Apague isso.

— Mas quê?! Virou um antitabagista, agora? Vai me dizer que anda de conluio com aquelas sufragistas, também?

Mlle. Janette fez o sinal da cruz, com um estremecimento.

— Não é isso, Persa, mas eu não quero contaminar o local.

— Mas não há nada aqui!

— Nada que os nossos olhos possam ver — disse Chevalier, dando um passo atrás do outro, devagar, perdido em pensamentos. — Eu tenho uma ideia, mas vou precisar da sua colaboração, Persa. Vá até o apartamento e traga a minha caixa de luz para cá.

— Aquele trambolho em que você estava metido o nariz hoje mais cedo? Por quê?

— Preciso testar uma teoria. Não, não, por favor, não me pergunte mais nada. Nosso tempo é curto. Se me faz o favor, Persa.

O legionário voltou a enfiar o gorro de astracã na cabeça e saiu da casa pisando duro, vários xingamentos incompreensíveis balançando entre seus lábios.

Cerca de uma hora depois, Persa estava de volta. Enquanto Le Chevalier montava seu aparato, Persa se servia de um repasto que Mlle. Janette havia preparado.

— Quer um pedaço, Chevalier? Os croissants estão uma delícia.

Concentrado, o agente simplesmente ignorou o colega até se dar por satisfeito. Com um movimento contínuo, deu corda no mecanismo e pediu para que Mlle. Janette apagasse as luzes e fechasse a porta.

— Bom, estamos no escuro. Parabéns, Chevalier, você conseguiu deixar um escritório sem luz.

O Cavaleiro ligou o mecanismo e uma luz prateada iluminou o recinto. Depois de girar a manivela, aplicou o filtro adequado, e tirou duas fotografias. Então, ainda no escuro, retirou as chapas e as inseriu na caixa reveladora.

— Acenda a luz, Persa.

Eles esperaram por alguns minutos, até que o agente retirou as chapas.

— Pelas cores nefastas de Van Gogh! O que é isso?

— A luz carmesim em ondas infinitesimais apresenta cores diferentes do espectro visível, Persa, revelando detalhes que seriam imperceptíveis a olho nu.

— E o que é isso? — perguntou o legionário, apontando para algumas poucas manchas.

— Não sei, *mon ami*, mas precisamos descobrir.

Utilizando a fotografia como guia, Chevalier recolheu amostras da mancha com um pequeno algodão.

— Vamos. Precisamos levar isso para o *inginéur* Lebeau.

— Que levar um pouco de sujeira para Lebeau? O que ele vai fazer com isso?

— Não sei, Persa, mas espero que nos dê um ponto de partida.

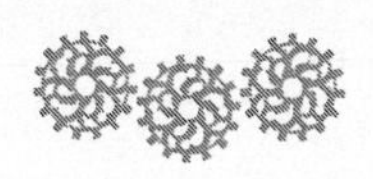

As horas passaram devagar no Bureau. Enquanto o *ingineúr* Lebeau realizava testes e mais testes no material recolhido na casa do M. Drebbel, Le Chevalier tentava se informar um pouco mais sobre o engenheiro desaparecido.

Era tudo muito secreto e misterioso, mas não foi difícil para o Cavaleiro, com suas credenciais, arrancar a verdade do Comandante Servadac, que parecia pouco à vontade em discutir os planos da marinha com o agente.

— Ele é essencial para a conclusão dos planos de modernização da marinha, Chevalier — disse o homem por trás dos vastos bigodes.

— Entendo, Comandante, mas este barco...

— Não é um barco — contestou ele. — É um Veículo Autopropulsado Submersível e Operacional. Ou V.A.S.O., para simplificar.

— Um barco que navega sob as águas? — riu-se Persa. — Ora, que tolice sem tamanho!

— O Império Inglês comanda os mares do mundo, legionário — rosnou o Comandante, com o olhar duro. — A expansão francesa depende do domínio dos mares.

— Vão afundar nossos bravos marinheiros neste brinquedinho aí...

— Se a ideia é insensata ou não, só o tempo poderá responder — contemporizou Chevalier. — Mas o fato é que outras potências acreditam nela ou Madame Raven não seria contratada. O que não entendo é porque M. Drebbel foi sequestrado.

— Os planos não estavam totalmente prontos — disse o Comandante. — Ele esperava concluí-los nos próximos dias. Na verdade, havia uma reunião formal marcada para a próxima semana.

— Bem, neste caso...

Mas uma batida na porta o interrompeu, seguida pelo *ingineúr* Lebeau e seu inseparável drozde rato-do-campo.

— Novidades, Lebeau?

— Sim, senhores — disse, entrando no recinto com um calhamaço de papeis nas mãos. — Persa tinha razão, de fato. Não passa de sujeira.

— Humpf! — resmungou o legionário, com empáfia.

— Mas também há algo a mais...

Le Chevalier ergueu as sobrancelhas.

— Uma alta concentração de sódio e fragmentos de cânhamo. E também encontrei traços de anfião.

— Sal e fibras de cordas — disse o agente, virando-se para o Comandante Servadac. — M. Drebbel tinha o costume de visitar as instalações da marinha?

— Nunca — replicou o outro, peremptório. — Ele era essencialmente um homem de números. Acho que nunca subiu em um bote.

— Persa, o mapa!

O legionário abriu um grande mapa de Paris na mesa e os quatro se debruçaram.

— Se as manchas vieram das roupas dos sequestradores, como suponho, então M. Drebbel foi levado por alguém que passa um bom tempo nas docas.

— O que nos deixa com um sem número de possibilidades — rosnou Persa, mastigando o charuto.

— Sem dúvidas, mas a presença de anfião é significativa.

— O que é isso? — perguntou o Comandante.

— Um suco espesso que é extraído de frutos de várias papoulas soníferas. Mas o senhor talvez o conheça por ópio.

Persa deixou cair o charuto no cocuruto do seu mico drozde, que guinchou, irritado.

— Ópio?!

— Sim. Um narcótico muito utilizado pelos chineses. E a maior concentração de asiáticos de Paris fica aqui — disse, apontando um dedo resoluto para uma região à leste da cidade. — As docas Lyon!

Docas Lyon, noite.

— Por que estamos vestidos assim?

Le Chevalier lançou um longo olhar a Persa, cujos andrajos sujos e remendados faziam pouco do bravo legionário. No entanto, era absolutamente necessário que se passassem por trabalhadores comuns.

— Nós estamos saindo de Paris, metaforicamente falando. Na verdade, abandonamos a França ao cruzar os domínios das docas Lyon. Aqui, a gendarmaria tem pouca força e a criminalidade é a regra. Todo o cuidado é pouco, *mon ami*. Qualquer passo em falso e o Rio Sena receberá dois hóspedes indesejados.

Persa enfiou o mico drozde para dentro do casaco puído, resmungando:

— Devíamos ter trazido reforços.

— Seria o mesmo que anunciar a nossa chegada aos berros. Precisamos agir com discrição e rapidez. Não esqueça que a vida do *ingénieur* Drebbel está em perigo.

— Não, eu não esqueci, com mil tempestades malignas!

A noite caíra e as ruas do centro de Paris, iluminadas pelos lampiões dos cabarets, restaurantes e cafés, pouco se assemelhava às vielas escuras e sombrias que circundavam as docas. O esgoto corria a céu aberto e, salvo uma ou outra lanterna chinesa que distribuía sombras espectrais por entre os caminhos de pedra, as casas permaneciam fechadas e em silêncio.

Confundindo-se com os bêbados que atravessavam, trôpegos, as calçadas, descobriram que a casa de ópio "O Crisântemo Branco" recebia um bom número de fregueses que costumavam frequentar as páginas policiais dos noticiosos. Seguiram para o local sem demora e foram recebidos por um homem de cabelos negros e pele amarelada, que os saudou antes de deixá-los entrar. Como todos os orientais, o homem não tinha um drozde, o que deixou Persa ligeiramente nauseado.

— O que quer? Uma cama?

— Uma cama, você diz? — urrou Persa, indignado. — Com mil macacos assassinos, eu deveria...

— Duas camas próximas serão o suficiente — interrompeu Chevalier, tirando o boné puído da cabeça e depositando algumas moedas nas mãos pequenas do homem, que agradeceu com uma saudação.

— Os viciados em ópio usam as "camas" para fumar a droga — sussurrou Chevalier.

— Ah. Claro. Evidente.

Os dois seguiram o pequeno anfitrião em silêncio. A fachada calma e elegante perdia boa parte do seu viço nos quartos seguintes, onde maltrapilhos se misturavam a homens de negócios e uma ou outra dama ocasional, as costas arqueadas contra os divãs moles e os cachimbos negros escapando por entre os dedos fracos até o fornilho de barro. A visão trouxe repugnância a Le Chevalier, que mascarou seu desconforto acariciando as penas do corvo drozde.

Eles se acomodaram no quarto seguinte, um lugar pequeno e mal arejado. Pouco depois, o anfitrião trouxe os cachimbos de bambu e depositou alguns pedaços de carvão em brasa nos fornilhos. Com outra reverência, ele partiu.

— Cuidado, agora, Persa — recomendou Chevalier. — Não trague esta coisa. Precisamos estar atentos.

— Não se preocupe, *mon ami*. Não fumaria esta porcaria nem que a minha vida dependesse disso.

— Sábias palavras — falou alguém, entrando no quarto com uma pistola em punho e três capangas às suas costas, armados com cassetetes.

Le Chevalier saltou do divã, mas era tarde demais. Surpreendido, foi desarmado da sua Laumann de três tiros, bem como da sua bengala. Depois de alguma confusão, o corvo e o mico drozde foram enjaulados.

— Se atrever-se a machucar o meu drozde, eu vou...

— Cale-se, mico islamita — rosnou um homem de olhos estreitos e um cavanhaque bem cuidado que descia até o queixo.

Ele os mirou por um momento antes de continuar:

— Eu sou Fan Yeng e este é meu negócio. O que *fazer* aqui, cães gendarmes? Já não *pagar* o soldo do mês?

— Soldo? Mas que soldo, patife?

— A guarda local, Persa — interrompeu Chevalier, astutamente. — O Sr. Yeng deve pagar propina aos policiais para que façam vista grossa ao seu empreendimento. E ele nos confundiu com os gendarmes.

— Ocidentais com monstrinhos caros e olhos brilhantes. Não somos idiotas. Péssimo disfarce para um viciado em ópio. O meu lacaio avisar assim que vocês *entrar*. Mas, se não gendarmes, quem são vocês? Policiais particulares? Assassinos? Vamos, *falar* antes de morrer!

— Somos do Bureau e estamos investigando um sequestro.

— Ninguém sequestrar gente. Isso *ser* ruim com os policiais. Eu *vender* ópio. Nada mais.

— Ouça, isso tudo não passa de um grande mal-entendido — tentou contemporizar o Cavaleiro. — Não temos nada com as suas operações aqui. Um dos seus fregueses pode saber de algo e ...

— Não! Não! Não! Não importunar meus fregueses! Não *querer* nada com Bureau. Mal para negócios. Vocês *entrar* aqui como fumantes de ópio e é assim que devem sair. *Pegar* os cachimbos!

— Nunca! — protestou Persa.

— Não *pedir* uma segunda vez — disse, engatilhando a arma.

Persa bufou, mas Le Chevalier adiantou-se. Com um movimento resignado, pegou o cachimbo, inspirou com sofreguidão e, numa ação rápida, baforou tudo na cara do Sr. Yeng. Ele tossiu e cuspiu, os olhos vermelhos e irritados, e disparou.

Le Chevalier já esperava por isso. Assim que cuspiu a fumaça, se abaixou e a bala só atravessou a cartola, atingindo o capanga atrás dele. Com um soco e uma rasteira, desarmou o Sr. Yeng e se virou para ajudar Persa.

O legionário havia saltado contra os outros dois, trocando sopapos. Um dos meliantes acertou o braço de Persa com seu cassetete, mas a constituição do pequeno tunisiano era forte. Com um grunhir irritado, ele agarrou o porrete e o arrancou das mãos do adversário, quebrando-lhe na sua cabeça em seguida. O capanga girou os olhos antes de desabar no chão.

Le Chevalier esquivou-se de um golpe do terceiro meliante e, quando estava prestes a devolver o murro, foi surpreendido por uma ordem atrás de si:

— Parem, todos vocês!

Uma mulher de negro surgiu pela porta, seguida de quatro capangas fortemente armados com pistolas e rifles. Um drozde símio cabriolava ao lado da mulher.

— Madame Raven! — exclamou o Sr. Yeng, recuperando-se da pancada que recebera. — Que *fazer* aqui? Este meu território e não admitir...

— Cale-se, amarelo imundo! Permito sua presença aqui, mas não admito que me dirija a palavra sem que eu consinta!

— Meu Deus! Que língua... — murmurou Persa.

— Eu avisei, não avisei? — resmungou Chevalier à Persa. — E este é apenas um em uma extensa lista de atributos desagradáveis.

— Silêncio, vocês dois! — rosnou ela, aproximando-se do agente. — Pelas chagas de Cristo, Chevalier, quando acho que não podia se envergonhar mais, se une a este espécime vil de ser humano. Francamente!

— Agora, espere aqui um minuto! — urrou Persa, o pescoço inchado como uma beterraba. — Quem a senhora...

PÁ!

Um tapa estalou na face do legionário, que parecia aturdido demais para reagir. Quando abriu a boca, os quatro capangas da Madame Raven se aproximaram, engatilhando as armas.

— Esta é a minha área, Cavaleiro. Tenho espiões por todas as docas. Você foi monitorado desde que ousou colocar os pés neste antro.

O Sr. Yeng contorceu-se de raiva, mas um olhar mais agudo da Madame Raven o fez baixar os olhos para o chão.

— Tragam o francês. Deixo o rufião aos seus cuidados, Sr. Yeng.

O chinês a encarou com os olhos raivosos enquanto Madame Raven deslizava para fora do quarto, seguida dos capangas que traziam Le Chevalier preso entre eles

Le Chevalier forçou as cordas novamente, sem sucesso. A situação não poderia ser pior. Madame Raven o deixara para morrer e ele sabia tanto sobre o desaparecimento do Drebbel quanto antes. Havia fracassado com Persa, com o *ingénieur* e com o Bureau. Era revoltante!

O relógio avançava, segundo a segundo, trazendo a lâmina do pêndulo para mais perto. A agonia de uma morte lenta e dolorosa o aguardava, sem nada que pudesse fazer.

Ele já podia sentir o vento da lâmina acariciar os pelos do pescoço quando uma gritaria irrompeu do lado de fora. Em um gesto automático, Le Chevalier tentou levantar-se e a lâmina quase riscou-lhe a pele. Engolindo em seco, comprimiu a própria nuca contra a cama. Disparos de armas se sucederam e sons de luta atravessaram as paredes.

Pouco depois, a porta foi escancarada e Persa surgiu entre os umbrais. Ele tinha um corte profundo na cabeça e sua roupa estava em frangalhos, mas estava vivo.

— Pelas armadilhas de São Julien! Que bestialidade é essa?

— Persa... — resmungou o agente, prendendo a respiração e encolhendo o pescoço.

O legionário não perdeu tempo. Com um salto, alcançou o carrilhão e o despedaçou com a espada. O pêndulo girou mais uma vez e parou num tranco, a poucos milímetros do pescoço do agente.

— Muito obrigado — agradeceu Chevalier, depois de liberto. — Mas como...

— O Sr. Yeng não parecia satisfeito com a sua atual condição de lacaio da Madame Raven — explicou o legionário. — Uni nossas forças em prol de um bem comum.

— Uma briga entre quadrilhas. Brilhante, Persa.

O legionário abriu um sorriso antes de devolver a bengala e a arma a Le Chevalier.

Depois de soltar o corvo drozde, eles abandonaram o quarto. O covil de Madame Raven parecia um pandemônio. Os homens do Sr. Yeng engalfinhavam-se contra os capangas da Madame Raven, as espadas retalhando de um lado a outro. As pistolas estavam largadas no chão, descarregadas, mas as lâminas faziam o trabalho sujo.

Le Chevalier procurou seu alvo até vislumbrar um vestido negro desaparecendo do outro lado do salão. Ele se virou para Persa:

— Procure o ingénieur Drebbel! Eu vou atrás dela!

O legionário apenas assentiu e os dois se separaram. Sem dificuldades, o agente desviou-se dos brigões, esgueirando-se por entre as paredes até alcançar a porta. Com um chute, arrombou a fechadura e subiu correndo a escadaria que se seguia, saltando os degraus de dois em dois. Ultrapassou o que parecia ser uma ventana e alcançou o teto da construção. No alto, a poucos metros, um pequeno dirigível de ar quente subia lentamente aos céus.

Sem perda de tempo, o agente abriu a tampa da ponta da bengala e acionou o disparador, lançando o arpéu oculto em seu interior. O gancho desenrolou-se pelo céu até alcançar o comprido aramado que sustentava a barca. Com um tranco, Le Chevalier foi puxado do telhado e voou, preso apenas pela corda de aço.

A cartola arruinada despencou rodopiando até o chão enquanto o agente escalava pela corda, balançando no ar. O dirigível afastava-se do prédio e ganhava altura, deixando para trás a balbúrdia da luta que seguia feroz lá dentro.

Uma pancada forte chamou sua atenção: no alto, o drozde símio havia acabado de alcançar a quilha e, agora, espancava o arpéu com uma grande chave de boca. Le Chevalier assobiou e o corvo drozde veio em seu auxílio, investindo contra o autômato. O pássaro mecânico sobrevoou a cabeça do símio, investindo de tempos em tempos, enquanto o drozde tentava agarrá-lo, furioso. Foi o suficiente para que o agente galgasse os últimos metros e se agarrasse às ferragens.

Guinchando, o símio retornou à barca no exato momento em que um disparo zuniu pela estrutura, a bala ricocheteando até se cravar a poucos centímetros da têmpora do agente. Le Chevalier se escondeu entre as ferragens e disparou também. As duas primeiras balas se perderam no vazio, mas a terceira atingiu o alvo. O capanga caiu do dirigível, com uma expressão de espanto no rosto.

Guardando a pistola descarregada na cintura, ele se aproximou e pulou dentro da barca.

— Um dirigível, Raven? Confesso que estou decepcionado.

— Este é apenas um dos sete planos de fuga que eu havia preparado, agente. Ao contrário dos ineptos do Bureau, tenho costume de me precaver para eventuais contingências.

— Um construto prussiano, imagino. Tem feito negócios com Bismarck?

— Assim como os seus agentes. Sabe que prefiro o lado cinzento das nações, afinal, os estadistas tendem a ser ... menos flexíveis — comentou, com um sorriso frio antes de saltar contra Le Chevalier com uma lâmina afiada nas mãos.

A navalha atravessou a guarda do agente e penetrou fundo no seu antebraço. Com os dentes cerrados, Le Chevalier engoliu um urro de dor e, ignorando quaisquer noções de cavalheirismo, acertou-lhe um golpe no ventre. Madame Raven desequilibrou-se e caiu contra o motor, partindo a manivela que controlava a válvula principal. Do topo do balão, o gás hélio escapuliu para o céu noturno.

O Cavaleiro avançou, empurrando Madame Raven para o lado enquanto examinava rapidamente o mecanismo arruinado. O balão murchava rapidamente e o dirigível começou a balançar.

— Praga!

— Esta é a sina dos traidores — murmurou ela, grogue. — Dos ignorantes que se agarram a conceitos tolos como pátria, nação e ...

— Ora, cale-se, mulher! Será que não se cansa da própria voz?

— Seu miserável insolente! Eu devia...

Mas o que ela devia, Le Chevalier nunca ficou sabendo, pois uma lufada mais forte de vento chacoalhou o dirigível como um cavalo xucro. Madame Raven foi lançada contra a murada e bateu fortemente a cabeça. Seus olhos saíram de foco e ela desmaiou.

Entrementes, Le Chevalier tinha outras preocupações. Com o gás saindo cada vez mais rápido, as cordas de sustentação estavam se partindo de encontro à hélice. Sem alternativa, o agente desligou o motor, perdendo completamente a possibilidade de dirigir o balão. O dirigível estava caindo e ele sabia que, assim que o balão murchasse o suficiente para alcançar o motor aquecido, haveria uma grande explosão.

Com o braço bom, ele colocou Madame Raven nas costas e atravessou as ferragens de sustentação da quilha, afastando-se da barca. O dirigível chacoalhava de um lado para o outro, ao sabor do vento que soprava das docas, tornando a operação muito mais difícil e perigosa. Uma nova lufada os levou até um edifício.

Le Chevalier encolheu-se na ponta. O balão chocou-se contra um pequeno hotel e explodiu. A barca desprendeu-se, mas a quilha ficou suspensa pelas ferragens, enquanto as labaredas espalhavam-se. Gritos se misturavam às chamas e pedaços do aramado caíam como uma chuva de fogo na rua. Ainda carregando a sua inimiga, Le Chevalier saltou por uma claraboia, os braços chamuscados, mas, inacreditavelmente, vivo.

Sua última lembrança foi a chegada dos bombeiros, que o arrastaram para fora do prédio em chamas. Ele chegou a vislumbrar o corpo rechonchudo do Persa antes de desmaiar de exaustão.

O cálice de vinho acalmara seus pensamentos, mas não atingira o turbilhão que se remexia em sua alma. Le Chevalier pousou a taça em uma mesa de apoio antes de tocar as pontas dos dedos, em uma pose meditativa. O apartamento estava silencioso, mas não ficaria assim por muito tempo.

— Ah, *mon ami*, é bom vê-lo desperto mais uma vez. Estava terminando nosso relatório — disse Persa, explicando o calhamaço de papéis que trazia a tiracolo.

— Como está o *ingénieur* Drebbel?

— Bem, até onde sei. O pobre homem passou maus bocados nas mãos daquela facínora, mas aguentou estoicamente. Como disse o Comandante, os planos do tal barco afundado ainda estavam incompletos quando eles o atacaram. Madame Raven o coagiu para que finalizasse seu trabalho, mas ele se recusou. Acho que a facínora encontrou alguém ainda mais duro do que ela.

— O que é algo digno de nota.

— Sem dúvida, maldita seja. De todo modo, os planos foram salvos e Drebbel deve voltar à ativa nos próximos dias, apesar de que, cá entre nós, ainda ache a ideia toda um desperdício para uma mente afiada!

— Deixemos isso para os homens da marinha, Persa.

— Sem dúvida. Bom, preciso ir até o Bureau. O relatório, sabe? *Au revoir, mon ami.*

Le Chevalier o saudou com um aceno. Depois que o amigo desapareceu pela porta, ele esperou vários minutos, fitando o vazio. Então, como se tivesse repentinamente chegado a uma decisão, levantou-se.

Uma hora depois, o agente chegava a *Prision Mazas* e subia até a A Taça, onde ficavam encarcerados os criminosos mais perigosos da França. Suas credenciais garantiram uma reunião a sós com Madame Raven.

Os dois se encararam em silêncio por um bom tempo.

— Sabe, mesmo depois de todo este tempo, você nunca me perguntou por que eu deixei o Bureau — ela disse finalmente, tirando uma curta baforada de um cigarro preso a uma longa piteira.

— Foi por isso que vim.

Ela sorriu.

— Não há um motivo, realmente. Talvez tenha sido um dia ruim.

— Todos temos dias ruins.

— Nós carregamos uma parcela grande deles.

— Assim como qualquer policial ou agente.

— Qualquer um pode escorregar para o outro lado — ela argumentou, erguendo uma sobrancelha. — É só saber puxar as cordas certas.

— A corrupção não é apenas uma questão de oportunidade. É de índole.

Ela sorriu.

— Vivemos em uma sociedade de sombras.

— Sempre foi assim.

— Por que precisamos rastejar na sarjeta por eles? Enquanto se refastelam em seus jantares, o povo passa fome nas ruas. E nós os protegemos. Por quê?

— Prefere a anarquia à civilização?

— Talvez fosse mais justo.

— Você fala da corrupção do poder. E os que morreram ao seu redor? Os viciados em ópio, cujas parcas economias enchem a sua carteira? Os homens, mulheres e crianças que perderam tudo para que você alcançasse a sua parcela do poder?

— Sempre foi assim — rebateu ela.

Le Chevalier pareceu aliviado.

— Então, jogamos o mesmo jogo.

— Mas você joga pelos poderosos.

— Não. Eu jogo pelos inocentes.

— Acredita realmente nisso?

O agente se levantou.

— Sim.

Ela permaneceu em silêncio enquanto Le Chevalier se afastava.

— Eu preciso acreditar — acrescentou, fechando a porta da cela uma última vez.

6. PERSA

As Três Sementes de Tâmara

Paris, 1864

A chuva castigava as janelas de polideído do *Bureau Central de Renseignments et D'Action*[7], no Lago Interior, enquanto o Major Valois esquentava as mãos enrugadas em um fogo crepitante que fumegava na lareira. No exato momento em que um raio riscava os céus em um tom azul-elétrico, a porta se abriu para a passagem de um baixinho e rechonchudo legionário, cujos casacos se avolumavam em seus fortes braços.

— Que tempo é este, eu lhe pergunto! — rosnou o recém-chegado, largando no porta-chapéus, um a um, os sobretudos que o protegiam do frio inclemente. — Nem um charuto é possível fumar lá fora!

O Major Valois, no alto de seus galardões, olhou para a porta por alguns segundos.

— Onde está Le Chevalier? — perguntou, afinal.

— Acamado. Convalescendo da última aventura — resmungou

7 Bureau Central de Inteligência e Operações.

Persa, acendendo o seu inseparável charuto. — Ele contraiu malária nos altos do Amazonas.

— Ora, essa! Ora, realmente essa! — exclamou repetidamente o Major, pondo-se em pé

O falcão drozde saltou atrás, voando em círculos enquanto o seu amo andava de lá para cá.

— Que horas! Que horas, repito! Não poderia ocorrer em tão má hora!

— O que há afinal? — perguntou Persa, com uma expressão curiosa se desenhando em seus olhos minúsculos.

— Tenho um caso. Um caso muito delicado. Contava com a ajuda de Le Chevalier.

— Bom, estou aqui, não estou?

— Sim, mas...

Persa ergueu uma sobrancelha.

— É um caso delicado, já disse. Que necessita de uma certa... finesse.

— Isso é um desaforo! — urrou Persa, saltando da cadeira e esmagando o charuto no cinzeiro com uma considerável violência. — O que acha que eu sou? Um poltrão desbocado? Um agente desqualificado?

O Major mordeu os lábios enquanto passava as mãos na espessa cabeleira branca, indeciso se deveria ou não dizer o que achava do legionário. Por fim, suspirou fundo e voltou a se sentar, com um ar derrotado.

— Sente-se, Persa. Vou lhe passar os detalhes.

O legionário acendeu um novo charuto e coçou a cabeça do seu mico drozde com satisfação.

— Você conhece os Batalhões de Infantaria Ligeira da África?

— Já ouvi falar, mas nunca travei contato.

— Não me surpreende. Eles não são legionários, estritamente falando. Na verdade, afora os oficiais e suboficiais, o Batalhão reúne condenados que ainda não cumpriram o serviço militar ou soldados com graves problemas disciplinares.

— Um agrupamento simpático.

— Sem dúvida. Atualmente, os dois batalhões foram designados para Tataween, na Tunísia. O local foi escolhido a dedo. Aquela é a região mais árida e hostil do Império Francês. Não é à toa que os soldados chamam a unidade de *l'Enfer*[8]!

— Eu sei, *mon ami*. Nasci lá — disse Persa, em uma voz desprovida de emoção.

Se houve algum tipo de desconforto por parte do Major Valois, ele não transpareceu. Com a voz séria, continuou:

— Os batalhões foram excepcionalmente importantes durante a conquista da Argélia e, posteriormente, na Guerra da Criméia. O Capitão Lelievre é o comandante e tem como função principal a organização de um terceiro batalhão.

— Isso tudo é muito interessante — interrompeu Persa com uma baforada. — Mas o que o Bureau tem a ver com um exército estacionado nos confins do império?

— Houve um assassinato.

O rosto de Persa abriu-se em uma expressão que ficava entre a ironia e a irritação.

— Bom, reúna centenas de malfeitores em um quartel minúsculo, em condições adversas e a milhares de quilômetros de uma

8 O Inferno!

garrafa de vinho decente ou uma refeição razoável... Não é algo para se admirar.

— Não, realmente, mas houve algumas complicações. Um sujeito foi preso, na verdade. Um Cabo conhecido como o Açougueiro de Latravestete.

— Uma alcunha sugestiva...

O Major o ignorou.

— Ele foi encontrado no local do crime, com a arma nas mãos e as roupas manchadas de sangue. O Cabo tem uma longa ficha de violência e tinha um histórico de desavenças com a vítima.

— Me parece um caso encerrado.

— É o que tudo indicava, Persa, mas há um porém. O Capitão Lelievre não acredita nisso. Ele diz que o tal Açougueiro é inocente e se recusa a enviá-lo para os tribunais militares de Paris.

— *Mon Dieu*[9]! E o que ele espera que façamos?

— Ele tem dez dias para enviar o prisioneiro. Neste ínterim, ele pediu a nossa ajuda para descobrir o verdadeiro assassino.

O Major fez uma pausa antes de prosseguir:

— Eu conheço o Capitão Lelievre, Persa. Ele é um dos melhores homens que vi em ação. É honrado e excepcionalmente honesto. Se ele persistir nesta loucura, a sua honra e credibilidade estarão manchadas para sempre. E nestes tempos bicudos em que vivemos, nem ele e nem a França precisam disso.

— Farei o meu melhor — prometeu Persa, pondo-se em pé. — Quando parto?

— Você pegará o Encouraçado Défier que está estacionado no Porto Lyon. Ele subirá ferros em algumas horas.

---

9 Meu Deus.

— Então, não tenho tempo a perder. *Au revoir, capitaine*[10]. E não se preocupe, o caso está em minhas mãos!

O Major esperou que a porta se fechasse antes de resmungar:

— É por isso que eu me preocupo...

Tataween, Tunísia. Cinco dias depois

A caravana seguia pelas eternas e movediças dunas de um dourado-ocre, engolindo os quilômetros devagar, no passo constante das patas de camelo. Sem nenhuma nuvem no céu, o calor causticante do deserto abatia-se sobre os turbantes dos méharistas[11], que seguiam resolutos, rifles na mão e o olhar penetrante no horizonte, onde uma construção isolada e triste se aproximava cada vez mais.

Mas as distâncias no deserto podem enganar e foi somente no final daquela tarde que a caravana alcançou o Forte Tusken, uma construção imponente que mesclava a arquitetura dos antigos bjordes berberes com a mais moderna tecnologia francesa. Muros alaranjados de pedra protegiam uma floresta de espelhos côncavos — a parafernália concentrava o calor escaldante do sol, acelerando o ar ressequido que circulava por canos de cobre e fazia girar as engrenagens que bombeavam a água dos canais subaquáticos, única fonte do precioso líquido em muitos e muitos quilômetros. A energia excedente era utilizada em enormes aspiradores, que retiravam de dentro do quartel o excesso de areia acumulada durante os fortes ventos noturnos.

---

10 Até logo, Capitão!

11 Cavaleiros que montam em camelos.

Na única entrada, cercado por grossas paredes e ameias magníficas, um homem esguio e louro aguardava Persa. Ele o cumprimentou com um forte sotaque britânico:

— *Good afternoon, Sir!*[12] — saudou ele, empertigando-se no claro uniforme militar do deserto, onde as insígnias de sargento reluziam ao pôr-do-sol.

Persa estremeceu levemente ao ver que o homem não trazia um drozde a tiracolo. Conhecia os regulamentos, era claro — por questões de segurança, os autômatos eram terminantemente proibidos nas instalações militares —, mas ainda lhe doía na alma ver um europeu sem um drozde companheiro ao seu lado.

— Inglês, é? — resmungou Persa, saltando do camelo (*e era difícil dizer quem parecia mais aliviado, o Persa ou o camelo*). — Legião estrangeira?

— Temporária, Sir. Queria conhecer mais do deserto.

— Só duas criaturas gostam do deserto: beduínos e escorpiões. Qual das duas é você, filho?

— Nenhuma das duas, creio.

Persa balançou a cabeça.

— Bom, aí está, não é? — disse, irritadiço pela longa viagem, apontando para as dunas que haviam ficado para trás. — Areia e mais areia. E um oásis de vez em quando. Um tédio absoluto.

O Sargento sorriu.

— Venha, Sir. Vou levá-lo até o Cap. Lelievre. Ele o aguarda.

O Forte Tusken não era diferente dos outros aquartelamentos que Persa conhecera do seu tempo de legionário. Além do sistema

12 Boa tarde, senhor.

de captação de água, guardado por uma companhia de policiais militares, havia um edifício com uma pequena torre, reservado aos oficiais, o paiol, várias casernas baixas para abrigar a soldadesca, campos de treinamento e o rancho, de onde partia uma fumaça esbranquiçada.

Persa retirou o turbante de viagem, mas permaneceu com a longa túnica. As noites costumavam ser frias no deserto e ele duvidava que as acomodações tivessem o mínimo de conforto.

Após raspar as botas na entrada, o Sargento o conduziu por um corredor da Torre até uma sala decorada de forma espartana, como convinha a um oficial do deserto.

— Ah, agente Persa! Como vai? — cumprimentou o Cap. Lelievre, um sujeito mais magro que Persa havia imaginado, mas com um aperto de mão forte e vigoroso. — Como foi a viagem?

— Um inferno! — rosnou ele de volta. — O navio cheirava a óleo e a peixe estragado e as refeições pareciam passar pelos tubos de vapor antes de serem servidas. O rum era intragável e aguado. Estávamos no meio do mar, mas não havia um só peixe fresco, nem para os oficiais. E o deserto é o deserto, não é? Rações secas e chá forte.

— Não me lembrava dos legionários serem tão queixosos... — resmungou outro homem, um sujeito mais velho, com um bigode branco murcho e com o rosto curtido pelo tempo.

— É o meu jeito.

— O quê? — perguntou o homem.

— É o meu jeito. Pareço insubordinado, mas não sou.

O homem torceu os bigodes para Persa e o Cap. Lelievre fez as devidas apresentações:

— Este é o Tenente Baratut, responsável pela segurança do forte.

— Tenente — cumprimentou Persa, estendendo a mão, gesto não correspondido pelo militar.

Recuando o braço, o agente continuou, ignorando a ofensa com um franzir do cenho.

— Enfim, apesar da miserável viagem, aqui estou.

— Pelo menos foi uma viagem curta — disse o Capitão, contemporizando. — Sei que são apenas dois dias entre Paris e Mahdia e poucos dias nos camelos.

— Ah, sim! Mas como eu sofro! Foram refeições intragáveis! Intragáveis! — repetiu, estremecendo.

O Tenente Baratut fez um comentário, mas fosse por causa dos vastos bigodes ou porque suas faces pareciam crispadas de raiva, o fato é que ninguém percebeu o que ele disse.

Lelievre fez um sinal e os quatro homens — o Sargento permanecera, à convite do oficial — se sentaram em rústicas cadeiras de madeira.

— Vamos direto ao ponto — disse o Capitão. — Como já deve ter sido informado, eu acredito que o Açougueiro seja inocente.

As faces do Tenente permaneceram neutras, mas havia um ar de desprezo perfeitamente discernível por trás de sua pose rígida.

— Uma declaração surpreendente, frente às circunstâncias — comentou Persa, espichando um olho. — Posso saber o porquê?

— Porque ele me disse que não o matou.

Persa não tirou os olhos do capitão, mas percebeu claramente um fungar irritado do Tenente.

— E o senhor acredita nele?

— *Correct*[13]!

---

13 Correto.

— Mesmo com a sua ficha?

— Principalmente por causa da sua ficha.

Persa encarou o mico drozde e abriu um esgar que escondia um sorriso pressuroso. O Cap. Lelievre não se abalou com a descrença do legionário.

— Esta é a ficha do cabo — disse, atirando um volumoso envelope para Persa.

— Eu li uma cópia durante a viagem — comentou ele, enquanto retirava os papeis do envelope, deixando cair três pequenas sementes. — O que é isso?

— Sementes de tâmara — explicou o Capitão.

— Reconheço sementes de tâmara, Capitão — resmungou Persa, erguendo uma sobrancelha. — Minha intenção era perguntar o que elas estão fazendo no envelope?

— Elas foram encontradas junto ao corpo do soldado Denis. Não sabíamos se tinha alguma coisa a ver com o caso, por isso as guardamos.

— Vi algumas palmeiras no caminho à Torre...

— Há tamareiras por todo o forte, Sir — relatou o Sargento. — É uma iguaria comum nas refeições do rancho.

— No entanto... É curioso... — resmungou Persa, examinando as sementes com cuidado.

— Sim?

— Nada, não, Capitão — decidiu-se, guardando as sementes no bolso e resgatando o resto dos papeis do envelope. — Bem, estávamos falando sobre a ficha do Açougueiro. Li sobre alguns assaltos. Inúmeras agressões. Uma dúzia de mortes. Não sei como o sujeito não foi enforcado.

— Há dez condenações à morte para ele — admitiu o Cap. Lelievre. — Mas, como nunca servira no exército, ele arranjou um advogado que foi esperto o suficiente para mandá-lo para cá. Enquanto estiver servindo no Batalhão de Infantaria Ligeira, escapará da forca.

— Espere um momento! Condenações a morte não prescrevem — interrompeu Persa, deixando escapar uma exclamação. — Pelas barbas de Netuno! Isso quer dizer que, quando o Cabo for dispensado do serviço...

— Será enforcado imediatamente.

Persa assobiou.

— Os crápulas que regulam a aposentadoria militar devem ter se deliciado com a questão. Bom, imagino que a perspectiva de terminar a carreira sendo enforcado não dever fazer muito bem a um homem.

— Sim. Mas é exatamente aí que residem as minhas dúvidas, agente Persa. Eu o inquiri pessoalmente quando ele chegou ao Batalhão — tenho por hábito conhecer pessoalmente meus comandados. Ele não negou nenhuma das acusações. Na verdade, chegou a contar detalhes de algumas. Veja, *monsieur*[14], o Açougueiro é um homem completamente indiferente à violência. Trata-a apenas como um fato da vida. Estas qualidades o tornaram um soldado exemplar.

O Tenente Baratut resmungou novamente, mas os demais o ignoraram.

— E? — insistiu Persa, que não via onde esta ladainha ia chegar.

14 Meu senhor.

— Há dois anos, ele liderou uma companhia de 123 *chasseurs*[15] do Primeiro Batalhão em uma marcha forçada pelo deserto até o Forte Taghit, onde enfrentaram e venceram 4000 homens das forças marroquinas.

— Um sujeito durão, hein?

— Se há alguém que pode sobreviver a uma jornada no deserto, é ele. No entanto, se declarou inocente.

Persa franziu o cenho e um lampejo de compreensão apareceu em suas vistas:

— De acordo com o regulamento — recitou, como se falasse consigo mesmo —, se ele se declarasse culpado, seria punido com o desterro.

— Exato. Ele seria posto para fora do quartel com um cantil e uma faca. Em Tataween, isso equivaleria a uma sentença de morte, mas não para ele. Compreenda, agente, nem o Bureau nem os gendarmes têm jurisdição na Tunísia. O Açougueiro poderia fugir do Império e viver tranquilamente em qualquer canto do mundo.

— Mas ele se declarou inocente!

— O que implica um julgamento nos tribunais militares em Paris. Se ele for para a capital e for considerado culpado, será sumariamente expulso do exército e entregue aos gendarmes[16], que não hesitarão em cumprir uma das dez sentenças capitais contra ele. Me parece um risco muito grande. A mim, isso não faz sentido.

— Concordo — disse Persa, com um afirmar da cabeça. — A não ser que se trate de um idiota.

---

15 Caçadores — regimento treinado para ações rápidas.

16 Polícia civil francesa

— O sujeito é bastante inteligente, legionário.

— Bem, está na hora de conhecê-lo, afinal. Posso vê-lo?

— É claro. O Sargento está às suas ordens.

Persa ergueu uma sobrancelha para o jovem, que o cumprimentou com um aceno.

— Tome cuidado, legionário — resmungou o Tenente Baratut, com um olhar sombrio. — Isso aqui não é o exército regular. Há ladrões e assassinos em cada canto. Nós mantemos a disciplina rigidamente aqui, mas, ainda assim ...

Persa dispensou tais palavras com um gesto irritado. Não simpatizara com o Tenente e estava pouco disposto a ouvir suas palavras de recomendação. Sabia que os Batalhões eram formados pela pior escória que a França podia gerar, mas ainda assim, eram homens servindo ao exército. Recusava-se a acreditar que seria assaltado.

Despedindo-se, deixou a Torre, conduzido pelo Sargento.

— Que espécie de homem é este Açougueiro de Latravestete? — perguntou Persa, confidencialmente.

— Um homem reservado, Sir. É o melhor atirador dos Batalhões. E o Cap. Lelievre tem razão, ele é inteligente. A *smart guy*, compreende?

— Sim, compreendo.

Um agrupamento de soldados tunisianos passou por eles e o sargento os cumprimentou em árabe.

— Conhece árabe?

— E berbere — respondeu o Sargento.

— É singular. Por que está interessado na língua do deserto, rapaz?

— Pretendo ser diplomata no futuro, Sir. E creio ser importante conhecer a língua dos nossos aliados. Afinal, não é possível prever quando eles estarão do lado de lá das trincheiras.

E, com esta pérola de sabedoria, eles caminharam em silêncio até a prisão.

A prisão do *bordj*[17] Tusken ocupava boa parte do muro sul. Ela era muito maior do que todas as prisões militares que Persa já conhecera, mas, com os recrutas recebidos pela Infantaria Ligeira e o tipo de disciplina que ele supunha que o Tenente Baratut implementava, não era algo de se admirar.

Havia cerca de uma dúzia de soldados mantidos nas celas frias, guardadas por um cabo de aparência sonolenta. O Açougueiro ocupava a última vaga, ao fundo, completamente isolado dos demais. Persa pediu para falar com o condenado reservadamente e avançou com os passos largos pelo corredor. Olhares curiosos e cobiçosos escapavam das celas, encarando as duas lâminas prateadas que Persa trazia na cintura e o reluzente mico drozde, que saltitava entre as pernas do amo, trêmulo.

Persa parou na frente da cela. O homem lá dentro era um verdadeiro gigante; corpulento e alto, forjado em um amálgama de músculos e intimidação.

— É você o soldado conhecido como Açougueiro de Latravestete?

Ele levantou-se do catre e o encarou por um momento.

— O senhor me parece muito gordo para um legionário.

— Eu não sou gordo! — vociferou Persa, com um punho levantado. — E ademais, um legionário pode marchar várias semanas

17 Cidade militar.

pelo deserto sem um gole d'água! Preciso armazená-la em algum lugar!

— Essa me parece uma ideia estúpida.

— Há! Menos estúpida do que matar um colega! — desdenhou Persa.

— Eu não o matei.

— Foi encontrado no lugar do crime com a adaga na mão e recoberto de sangue — rosnou Persa, relembrando os detalhes que lera no arquivo.

— Lugar errado, hora errada.

— É este o seu argumento? —- riu-se. — Boa sorte com os advogados militares de Paris.

— É a verdade.

— A verdade é o que menos importa em um julgamento.

O Açougueiro o encarou com outros olhos.

— O senhor já esteve à serviço?

— Marrocos e Coréia — respondeu Persa, com orgulho. — Depois, fui requisitado para o Bureau.

— Então, o senhor sabe como é, não? No campo de batalha, digo. Você só pode contar com o homem ao seu lado, não é assim? No inferno da guerra, é bom você estar ao lado dos seus próprios demônios. E eu não vou trair os meus companheiros.

— *Legio Patria Nostra* — recitou Persa, ao que o Açougueiro concordou sem tecer mais comentários.

Persa ainda insistiu, mas não conseguiu tirar mais nada do condenado, que voltou para o catre e fechou os olhos, ignorando todas suas perguntas.

Pisando duro, deixou a prisão, com o Sargento logo atrás.

— Para onde, agora?

Persa olhou para o céu noturno e pontilhado de estrelas enquanto um vento frio invadia a escura cidadela militar. Uma procissão de soldados se dirigia ao rancho e o seu primeiro pensamento foi segui-los, mas, então, se lembrou do rosto duvidoso do Major Valois, em Paris. Ele contava com uma resolução rápida do caso.

"O que Le Chevalier faria agora? Já conheci o assassino e, valha-me a competência do Cap. Lelievre, me parece bastante óbvio que o crápula matou o colega. Mas é a hora do jantar... O diabos é que isso nunca impediu Le Chevalier! No entanto, não sou Le Chevalier... Mas o Major espera que eu faça o seu trabalho! Ora, raios!"

— Onde a vítima foi morta? — perguntou, em súbita inspiração.

— Na rouparia da Caserna 37.

Persa ergueu uma sobrancelha, em dúvida.

— As companhias são divididas em grupos de combate com dez homens cada, Sir. Para evitar problemas, ninguém tem autorização para deixar a própria Caserna após o toque de recolher. As portas são trancadas e guardadas por soldados da polícia militar.

— Parece mais um campo de prisioneiros para mim.

— Em última instancia, é o que eles são — vociferou a voz rascada do Tenente Baratut, que se aproximou com um ajudante de ordens atrás, dirigindo-se ao rancho. — Malditos prisioneiros que deveriam estar pendurados pelo pescoço, mas que o governo insiste em nos enviar. Nunca serão soldados.

— Pelo que eu saiba, eles fizeram a boa guerra no Marrocos.

— Não importa. Não serão legionários de verdade. O senhor deveria saber disso, mesmo empanturrando-se no Bureau!

— Mas que patuscada atingiu a todos neste Forte? Já disse que não sou gordo!

Mas era tarde demais. O Tenente já se afastara, com o ajudante de ordens às suas costas.

— Sujeitinho detestável.

— Mas rigoroso, Sir. Extremamente disciplinado. Não é alguém para se ter como inimigo.

— Imagino que sim. Mas o senhor estava me falando sobre as Casernas... — lembrou Persa, trocando de assunto antes de se dirigir aos pequenos edifícios que se espalhavam em um vasto campo. — Foi realizada uma inspeção após o crime?

— *Yes, Sir*. Eu próprio cuidei do assunto. As portas, janelas e mesmo o telhado foram verificados mais de uma vez. Não havia sinais de arrombamento e todas as portas estavam trancadas à chave.

Eles alcançaram uma das pequenas construções, que tinha o tamanho aproximado de um vagão ferroviário de terceira classe. O número trinta e sete fora pintado em vermelho na porta marrom. O Sargento subiu dois degraus e abriu a porta.

O alojamento era simples, mas limpo. Cinco beliches de um lado, cinco pequenos armários do outro. Três cadeiras desemparelhadas. Ao fundo, uma porta os conduziu até a minúscula rouparia, um compartimento de apenas três metros quadrados.

— O corpo foi encontrado aqui, Sir — informou o Sargento, apontando para o chão, onde uma mancha esbranquiçada lembrava que o local fora escovado com mais afinco do que de costume.

Persa perambulou por ali por alguns momentos, examinando os armários onde eram guardadas as roupas de cama, toalhas e uniformes reservas do grupo de combate. Havia uma porta e uma janela, ambas trancadas.

— Esta é a porta de serviço, Sir. Só é aberta durante o recolhimento das roupas sujas.

— Quem tem a chave?

— Apenas os roupeiros, Sir. Mas eles foram verificados. Ninguém saiu do alojamento dos subalternos e as chaves estavam em seu poder.

Eles deixaram o lugar.

— Bem, havia dez homens no alojamento 37, então? — rememorou Persa, ao que o Sargento concordou. — O Açougueiro, a vítima e mais oito soldados — contou.

— *Yes*.

— Preciso entrevistá-los.

— Vou providenciar isso, Sir. Eles foram deslocados para outra caserna até segunda ordem e estão realizando serviços administrativos. Vou encaminhá-los para a Caserna 65, no Terceiro Batalhão. Ela está vazia e o Capitão a reservou para o seu uso.

— Por que eles não estão cumprindo a escala de horários?

— Se não foi o Açougueiro, então um deles é o assassino, não?

— Um pensamento reconfortante, de fato — resmungou Persa, deixando o Sargento e dirigindo-se ao próprio alojamento.

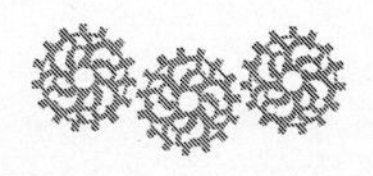

Enquanto esperava pelos soldados, o jantar foi servido por um jovem serviçal árabe, de nome Alchmed, na pequena mesa instalada no alojamento.

— Com os cumprimentos do Cap. Lelievre. Vem diretamente da mesa dos oficiais.

— Ah, agora sim! — exclamou Persa, lambendo os beiços e provando de um bocadinho.

Ele cuspiu com sofreguidão e foi preciso a jarra inteira de água para apaziguar sua garganta em fogo.

— Mas que maldição acalorada é essa? Mesa dos oficiais, por sim! Estaria melhor acampando com os berberes selvagens no deserto! Tire isso daqui, garoto! E me traga comida de verdade!

— Desculpe, *efêndi*[18]! Mil desculpas!

— Sacripantas! Malditos galináceos apimentados! Com o que estes oficiais estão acostumados, eu me pergunto? Como ousam temperar um frango com tais pimentas?! É um sacrílego este cozinheiro!

Pouco depois, Alchmed trouxe uma bandeja com o repasto servido aos soldados que, apesar de não ter o requinte culinário da *cuisine*[19] francesa, era muito melhor que as rações compartilhadas com os mehéristas e tinha um quê saudosista que trouxe lágrimas aos olhos do legionário. Ele fez uma pequena prece aos pais, já falecidos, e comeu com gosto, para o deleite do mico drozde.

Após lavar-se, recebeu, um a um, os soldados do 37º Grupo de Combate. O Sargento o acompanhou.

— Nome?

— Soldado Blanc, senhor — respondeu um sujeito com um olhar vago.

---

18 Senhor.

19 Cozinha.

— Procedência?

— Lyon, senhor.

— O que aconteceu na noite do crime?

— Jogamos cartas depois do rancho. Após o toque de recolher, as luzes são apagadas e fomos para a cama, senhor.

— Ouviu alguma coisa?

— Acho que alguém se levantou para ir à latrina. Mas isso é tão comum, que não estranhei, senhor.

— Onde fica a latrina?

— Elas permanecem na rouparia, Sir — informou o Sargento. — Para evitar o mau cheiro. *Le Odeur*[20].

— Sim, sim, sim... — resmungou Persa, espantando com as mãos aquele tipo de informação.

— Conhecia bem o soldado Denis?

— Servimos juntos há dois anos, senhor.

— Era seu amigo?

— Tão amigo quanto qualquer um pode se tornar dentro de um grupo de combate, senhor.

Persa assentiu. Os legionários passavam vinte e quatro horas por dia reunidos, comendo juntos e batalhando juntos. A situação incomum formava laços difíceis de serem quebrados.

— Fui informado que o Cabo tinha um histórico de desavença com o soldado Denis. Sabe o motivo?

O soldado Blanc fez uma pausa.

— Soldado?

— Denis... cometeu um erro, senhor.

---

20 O odor.

Persa ergueu uma sobrancelha para o Sargento.

— Que espécie de erro?

— Em uma patrulha à leste daqui, na região conhecida como Cova do Diabo, senhor. Denis estava fazendo a ronda noturna, mas se afastou para pegar água.

— O que aconteceu?

— Fomos atacados por berberes. Dois soldados morreram. O Cabo culpou Denis pelo assunto. Ele foi preso, mas acabou sendo inocentado mais tarde.

— Entendo... E o que você acha disso?

— Não é meu dever julgar, senhor.

— Sim, eu sei, soldado. Por isso não lhe pedi a droga de uma sentença. Eu quero saber a sua opinião!

Outra longa pausa.

— Acho... que ele não deveria ter se ausentado do serviço, senhor. O deserto é terrível. Aprendemos a respeitar o deserto na Legião. Mas aquelas mortes eram evitáveis.

— *Précisément*! O que você jantou naquela noite, soldado?

— Como?

— Comida. Repasto. O que comeu no rancho na noite do assassinato do soldado Denis?

— Carne de porco, vegetais, arroz, sopa e pudim — disse, após pensar um pouco. — Tomamos vinho, senhor.

— Comeu tâmaras?

— Sempre há tâmaras. Devo ter comido uma ou duas, senhor — disse, dando de ombros.

— Você sabe o que o soldado Denis comeu?

— Tudo, acredito. Ele tinha bom apetite, senhor.

As entrevistas com os soldados Girard e Dubois não foram diferentes. Ambos relataram o jogo de cartas. Girard havia jantado a carne e arroz, mas rejeitara o pudim. Dubois comera tudo. Suas opiniões sobre o soldado Denis eram moderadas, entre a irritação pelo ocorrido na Cova do Diabo e o desdém.

Enquanto Dubois chamava o próximo soldado, o Sargento acendeu um cigarro e arriscou uma pergunta:

— Por que quer saber o que eles comeram? O rancho é igual para todos.

— Se quer conhecer alguém, Sargento, procure no estômago. O estômago é a porta de todos os males — filosofou.

O soldado Duval relatou que não comeu a sopa porque detestava o tempero. Não sabia do incidente, pois fora transferido para o Batalhão nas últimas semanas. Hassan, obviamente, não comeu a carne de porco. Perdoara Denis, pois esta era a vontade de Alá. Simon comeu parte da comida de Pascal, que nunca completava sua parte da ração. E Lavoie estava indisposto e só comeu a sopa. Os três conheciam os dois soldados mortos e achavam que o Cabo tinha a razão em culpá-lo.

Quando o último soldado saiu, o Sargento apagou seu cigarro e encarou Persa com ar interrogativo.

— Blanc e Dubois são soldados por natureza, assim como a nossa vítima. Eles comeram tudo, não porque o cardápio fosse apetitoso, mas porque não sabem se terão uma nova refeição no próximo dia. Hassan é um muçulmano consciencioso e, mesmo no deserto e longe de seus confrades, não transgrediu suas lições. Pascal, o garoto que come pouco, é um galhofeiro. Foi mandado para cá por pregar uma peça em um oficial superior no Marrocos, o idiota — disse, consultando as fichas dos soldados.

— Girard e Duval prestam atenção na comida e sentem-se no direito de não comer o que não lhes apetece. Isso demonstra uma grande segurança em si mesmo. Qualquer um dos sujeitos poderia cometer o crime e voltar para a cama sem que ninguém percebesse. Lavoie, o indisposto, me parece um fraco. Está aqui há apenas três meses, substituindo um dos soldados mortos. Teria estômago para um crime desta natureza? Duvido muito.

— Bem, onde ficamos?

— Os nove tiveram a oportunidade para matar Denis. Simon, Pascal e Lavoie demonstraram seu desagrado pela conduta do companheiro. Seria o suficiente para cometer um crime capital?

— E não esqueça do Açougueiro, Sir.

— Sim, Sargento. Não esqueci do nosso terrível Cabo.

O suboficial se despediu com um aceno e o mico-drozde abriu um sorriso aberto, acomodando-se nas dobras de tecido do seu amo.

Após a saída do Sargento, Persa releu rapidamente as fichas dos soldados, mas não encontrou nada ali que lançasse alguma luz ao caso. Depois de fumar um charuto com um último copo de vinho, retirou as vestes longas e se recolheu.

A noite já ia alta quando um pequeno punho metálico acertou as faces hirsutas de Persa. O legionário roncou mais uma vez e se virou, sem despertar.

O mico-drozde estava quase sem corda, mas o desespero que inflava suas engrenagens o forçava adiante. Com o pouco de força que lhe restava nas molas, ele arranhou e guinchou, saltitando na protuberante barriga do amo.

— Já está na hora, mamãe? — resmungou Persa com a língua enrolada. — Ainda não... Só mais um pouquinho. Um minutinho...

Uma jarra de água ensopou seu travesseiro em um último e ousado gesto do pobre drozde que caiu da cama, desfalecido.

— O quê? *GASP!* Estamos afundando?! É um naufrágio?! Mulheres e legionários primeiro! — gritou, saltando da cama e estatelando-se no chão de pedra.

— Mas o que passa? Quem fez isso? Meu mico?! O que faz no chão?

PSSSSSS...

O som arrepiou as suas costas e instintos há anos enterrados em seu passado ressurgiram como em um passe de mágica.

— Uma cobra egípcia! — exclamou para ninguém, virando-se na escuridão, de um lado para o outro.

O som era inconfundível. A cobra-egípcia que, apesar do nome, habitava boa parte das terras desérticas da África, incluindo a Tunísia, era uma serpente extremamente venenosa. De corpo longínquo e negro, suas presas podiam injetar uma quantidade considerável de veneno no corpo da vítima, levando-a a morte em pouco tempo.

Tateando no escuro, Persa se aproximou do criado-mudo e acendeu um lampião. Neste exato momento, a cobra avançou por debaixo da cama e deu o bote.

— Arrasta-te, cobra dos infernos! — urrou ele, enquanto as presas da víbora mordiam o cano alto de suas botas.

Ele saltou de um lado para o outro, batendo e gritando, até que a porta da caserna foi arrombada por um agrupamento de soldados da polícia militar, com o Sargento à suas costas.

— *Stop, Sir!* Deixe-a conosco!

Os soldados se aproximaram, temerosos, mas não havia nada a ser feito. A cobra não aguentara e sucumbira às pancadas.

— Mas que Forte é este onde víboras demoníacas invadem os quartos? Pode me responder isso, Sargento? Eu quase fui picado! Envenenado! Morto! Assassinado!

Persa parou por um momento, a respiração estranhamente afoita enquanto uma ideia perturbadora passava por sua mente.

— É uma sorte o senhor ter dormido com as botas, Sir.

— Sempre durmo com as botas no deserto, Sargento. Hábito que adquiri com os legionários — resmungou, aproximando-se do mico-drozde e dando-lhe corda novamente. — Nunca sabíamos quando viria o próximo ataque.

— A providência lhe salvou a vida, Sir.

— O meu mico me salvou — rosnou de volta, acariciando o cocuruto do drozde, que retornava à vida com os grandes olhos saltados. — Se não fosse por ele...

Os soldados permaneceram por um bom tempo dentro da caserna, mas não encontraram nada.

— Não há mais víboras, Sir. Nos desculpe por este contratempo — pediu o Sargento, retirando-se e batendo a porta.

— Sei... Soldados de araque! — resmungou Persa, acendendo o lampião no lume máximo.

Armado com uma das espadas, ele se agachou no chão.

— Venha, mico. Me ajude a procurar. Não se preocupe, não há mais víboras, mas precisamos achar algum buraco.

Mas, apesar de revisar cada fresta e canto, Persa não descobriu absolutamente nada. Com as portas e janelas trancadas, não havia a mínima chance de uma cobra ter entrado na pequena construção.

— É um mistério, meu velho — resmungou, fumando um charuto com o mico-drozde no colo. — Um verdadeiro mistério, *non*?

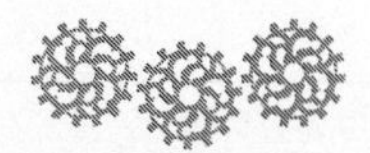

No outro dia, após comer o desjejum no alojamento, Persa deixou a caserna, a luz do sol queimando seus olhos cansados. Lá fora, um triste espetáculo o esperava. Dois soldados estavam amarrados, somente com as calças, recebendo chibatadas de um Cabo que parecia se deleitar com a própria façanha.

— O que passa?

— Disciplina, legionário — rosnou o Tenente Baratut, aproximando-se. — Eles foram pegos roubando uma garrafa de vinho.

— Ora, mas um crime desta natureza não é punido com castigos físicos! O regulamento...

— O regulamento aqui sou eu! — rosnou o Tenente. — Não espero que compreenda, já que vive há tanto tempo como um rei em Paris. Mas este não é o exército com o qual está acostumado, legionário. Lembre-se disso e não se meta nos meus assuntos.

Persa se afastou, horrorizado com aquele espetáculo, e foi atrás do Sargento. O encontrou na saída do rancho.

— *Good morning, Sir*[21].

— Bom dia o Diabo que o carregue!

O Sargento o olhou carrancudo, ao que Persa se desculpou, torcendo as mãos.

---

21 Bom dia, senhor!

— Me desculpe, Sargento. Mas vi o tipo de disciplina que o seu Tenente aplica aqui. Confesso que a visão quase me fez pôr para fora o café da manhã! Já vi coisas muito ruins na guerra, mas um superior não pode aplicar os mesmos horrores aos seus próprios homens.

— O Tenente tem métodos próprios, Sir. Ele não é conhecido por suas boas maneiras.

— Maldito homem maligno. Vamos! Preciso tomar mais alguma coisa! Um tônico para fins medicinais seria o mais adequado.

— Há conhaque na sala dos oficiais.

— Perfeito.

— Venha por aqui, Sir. Tomemos um atalho por trás do rancho...

Eles mal haviam cruzado metade do caminho quando Persa se viu imerso em uma cascata de sementes de tâmaras.

— Mas que absurdo é este?! — vociferou, cuspindo uma ou outra semente. — Quem foi o casca-grossa que me atirou isso?

Da janela escancarada da onde partira a chuva peculiar, surgiu as faces de um sujeito careca e com um bigode comprido e magnífico.

— A quem você está chamando de casca-grossa?!

— A você, seu escorpião zureta, se é o responsável por isso!

— Sempre atiramos as sementes no chão do deserto. É o costume!

— E não tem o hábito de olhar primeiro, cego analfabeto?

— Cego é o terceiro olho de Alá, crápula! Onde você está? Apareça!

Persa, que estacara há uns três metros da janela aberta, se virou para o Sargento com um olhar interrogativo:

— Mas o que há com este sacripanta descerebrado? Ele é cego?

— *Yes, sir*. O nosso cozinheiro não enxerga muito bem.

Uma panela voou da janela até quase atingir o suboficial, que se abaixou bem a tempo.

— Mas devo dizer que, apesar dos olhos, ele tem um ouvido muito bom e reflexos melhores ainda.

— Foi você o responsável pelo jantar dos oficiais de ontem, cozinheiro das arábias? — urrou Persa, voltando-se para a janela.

— Sim, fui eu, berrador estúpido!

— Então, subirei até aí para dois dedos de prosa. Pois ficarei aqui por mais algum tempo e meu estômago não sobreviverá à experiência!

— A minha cozinha está fechada para filisteus!

Mas Persa não mais o ouvia. Pisando duro, ele fez a volta, entrou no rancho e se dirigiu até a cozinha, com o Sargento às suas costas, que fez as devidas apresentações.

— Legionário Persa, este é Fayruz, o cozinheiro.

Persa examinou o muçulmano de alto a baixo e decidiu que não gostava dele. Além de ser um péssimo cozinheiro, o local estava completamente desorganizado. A comida não era tratada com o respeito merecido.

— Bem, senhor Fayruz, como explica aquele galináceo apimentado da noite anterior?

— Pimenta? Eu não uso pimenta nos frangos! — rosnou ele de volta aproximando-se com os olhos semicerrados para observar melhor o legionário. — Só uso os melhores temperos — disse em tom afirmativo, apontando para uma longa caixa sortida.

— Mas isso não são temperos! — reclamou Persa, examinando rapidamente o conteúdo da caixa. — É pimenta-de-sichuan!

— Está louco?

— Digo e repito. Cheire isso!

Fayruz cheirou, cheirou novamente e provou um bocadinho.

— Ora, essa! Então aí estavam elas! Achei que tinha acabado com todo o meu sortimento. Não as via em lugar algum.

— É claro que não as via! — resmungou Persa, com uma risadinha sarcástica.

— Como disse? — perguntou Fayruz, em um tom perigoso.

— Nada. Posso lhe dar um conselho? Prove o que vai colocar na comida. Evitará erros desagradáveis.

— Eu nunca erro!

Persa ergueu uma sobrancelha e se afastou.

— Espero que isso melhore a sua comida. É um caso muito sério o rancho que é servido para a soldadesca — disse para o Sargento, com o rosto anormalmente sério. — Quarteis inteiros já se sublevaram por causa da qualidade da comida. É algo a se notar, sem dúvida.

— Vou levar a questão para o Capitão em momento oportuno, Sir — garantiu-lhe o Sargento.

Persa assentiu e os dois caminharam em silêncio até a sala dos oficiais, onde o legionário refrescou a garganta com duas generosas doses de conhaque.

— Muito bem. Acho que está na hora de uma pequena pesquisa.

— Pesquisa, Sir?

— Sabe, Le Chevalier, meu companheiro, ele normalmente é o líder de nossas investigações.

— Nunca teria percebido, Sir.

— Obrigado — disse automaticamente, erguendo uma sobrancelha em seguida, sem saber se teria sido vítima de uma galhofa ou não. — De qualquer modo, ele sempre parece achar alguma coisa nos papeis velhos e sinto que seria importante seguir seus passos.

— O que deseja, Sir?

— Eu já li as fichas dos soldados. Me traga qualquer coisa que se relacione com eles: processos administrativos, escalas de horário, missões, este tipo de coisa, *oui*?

O Sargento assentiu e, depois de bater continência, se retirou, deixando Persa saboreando mais um copo.

Nas horas que se seguiram, o legionário passou os olhos por uma quantidade gigantesca de papeis. Um ventilador mecânico fora instalado na Caserna 65, mas o rodopiar lento da máquina pouco fazia além de espalhar o calor modorrento pelo recinto. Até mesmo o mico drozde parecia incomodado, a areia inclemente do deserto penetrando em suas engrenagens minúsculas.

Persa almoçou no local e, entre uma garfada e outra, algo chamou a sua atenção.

— Ora, ora, o que é isso?

Ele leu e releu o relatório dos processos disciplinares contra os soldados da 37º Companhia enquanto fumava um charuto em silêncio. O garoto Alchmed reapareceu com um grande vasilhame e uma jarra de água. Enquanto recolhia os pratos, Persa foi se lavar.

Um grito de indignação fez com que o ajudante de ordens derrubasse os pratos no chão.

— Mas isso é de uma loucura furiosa! — gritou Persa com o rosto lavado por um óleo rançoso que empesteava a jarra de água.

— Desculpe, *efêndi* — pediu Alchmed, tremendo. — Mil desculpas, eu não sabia...

— É claro que não! — cortou Persa. — Mas eu sei quem foi o engraçadinho! — disse, pisando duro para fora do alojamento.

Com o rosto ainda oleado pingando na areia, Persa avançou como um bólido até o alojamento onde estavam acomodados os oito soldados restantes da 37° Companhia, encontrando o maroto Pascal com um sorriso suspeito nos lábios.

— Por que isso, afinal?

— Não sei do que está falando, senhor.

Persa agarrou o soldado pela lapela e o atirou para dentro do alojamento, batendo a porta atrás de si. Estavam sozinhos.

— Que queres tu com isso? Arranjar-te uma semana na solitária?

O soldado cruzou os braços em desafio.

— Não tem provas da minha participação e eu não vou admitir nada! O senhor não tem jurisdição aqui.

— É? Mas cá entre nós, seu poltrão, por que isso, afinal? Que te fiz?

— Você está aqui para levar o nosso Cabo para Paris. Ele vai ser enforcado lá — resmungou Pascal, irritado.

— É muito pelo contrário, seu animal descerebrado! Estou aqui para livrar-lhe da pena!

Pascal piscou os olhos, aturdido:

— Acha que não foi ele?

— O Cap. Lelievre acha. Eu só quero descobrir a verdade!

Pascal baixou os olhos, pensativo. Depois de uma longa pausa, falou:

— Desculpe-me, então.

Persa o encarou com outros olhos, uma ideia surgindo lentamente em sua mente.

— Deixe isso para lá por um momento. Venha aqui, meu grande maroto. Gosta de pregar peças, não é?

— Por quê? — perguntou ele, desconfiado.

— Queres ajudar o Açougueiro? Pois tenho um servicinho para ti...

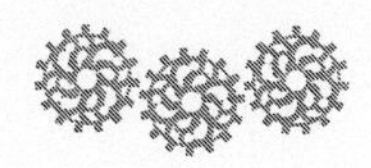

A tarde findava com a perspectiva de uma noite turbulenta. O vento aumentara e o ar parecia mais ressequido que o normal. Os sinais eram claros: uma tempestade de areia se aproximava e, se os instintos de Persa estivessem certos, seria uma limpa-ossos, uma tempestade que açoitava os grãos de areia até arrancar a carne dos ossos.

Depois de consultar a pilha com a escala de horários por umas duas ou três vezes, Persa se instalou em um banquinho perto da Caserna 37 e pôs-se a fumar seus charutos. Ele havia trazido somente duas caixas — e provavelmente lhe custaria o preço de meio ordenado arranjar mais alguns cigarros por ali —, mas era por uma boa causa.

Com o crepúsculo, a movimentação se tornou mais intensa perto dos alojamentos. Soldados iam e vinham, preparando tudo para a noite, que prometia ser longa. O Sargento encontrou Persa, que lhe ofereceu um dos charutos. Os dois permaneceram um bom tempo ali, em silêncio: o suboficial tentando descobrir o que Persa queria e o legionário olhando para os lados, impaciente.

Então, finalmente, Persa quebrou o silêncio:

— É uma tarde bonita para pensar sobre o firmamento.

O Sargento, que estava preocupado com a tempestade de areia que se formava lá fora, encarou o céu soturno e se virou para Persa com uma expressão interrogativa:

— *What?*[22]

— Eu disse que é uma bonita tarde para pensar sobre o firmamento.

— Desculpe, Sir, mas não compreendo...

— É. UMA. BONITA. TARDE. PARA. PENSAR. SOBRE. O. FIRMAMENTO! — repetiu Persa, aos berros.

— Mas... Hein? Espere, Sir! É fogo! Fogo, Sir! *Fire!*[23]

— Finalmente...

— Como?

— Fogo, homem! Fogo! Faça alguma coisa! — gritou Persa, levantando-se em estado de grande agitação. — Chamem os bombeiros! A Guarda Nacional! Mexa-se!

O Sargento saiu correndo atrás de ajuda, enquanto alguns soldados se aproximavam, assim como o Tenente Baratut e seu ajudante de ordens.

— O que houve? — perguntou o oficial em tom autoritário.

— Fogo! E ouvi vozes lá dentro! Há alguém na caserna!

— Malditos soldados irresponsáveis. Animais descerebrados, todos eles! Bandidos e assassinos! — xingou, enquanto aproximava-se da porta e passava-lhe a chave.

Acompanhado de dois soldados, eles entraram.

— *Hurry up, boys!*[24] — gritou o Sargento, retornando com o esquadrão antifogo. — Fogo lá dentro! Preparar as mangueiras.

E a água foi jorrada na mesma hora em que o Tenente Baratut saía pela porta.

---

22 O quê?

23 Fogo!

24 Depressa, rapazes!

— Deslig... GASP! GASP! Desliguem esta coisa, pelo amor de Deus! GASP! COF! Desliguem ou nos afogam a todos!

— *Stop! Stop!*[25]

O Tenente Baratut, encharcado até os ossos, saiu pela porta.

— Eram apenas alguns papeis em um grande cesto. E não havia ninguém! — urrou, olhando duro para Persa, que encolheu os ombros, em um pedido de desculpas.

— Jurava ter ouvido alguém...

— Uma investigação completa será levada a cabo! — gritou ele para os lados. — Quando pegarmos o autor desta gracinha, ele será levado à corte marcial! Juro-lhes!

A ameaça seria levada um pouco mais a sério se não tivesse sido proferida por um homem encharcado, com os bigodes murchos, sujo de fuligem e pingando. Persa abriu um sorriso, seguido por alguns soldados, que logo dispersaram.

— Estranho este fogo, Sir — comentou o Sargento, erguendo uma sobrancelha marota. — Quem terá feito tal indigno procedimento?

— Preciso ver o Açougueiro.

— Como?

— O Açougueiro, meu bom homem. Preciso vê-lo agora.

— *Yes, Sir*!

Com o vento açoitando às suas costas, os dois homens correram até a prisão. Persa foi até a cela e gritou:

— Você! Levante-se! Agora!

O Cabo obedeceu a ordem e perfilou-se.

---

25 Parem! Parem!

— Responda-me a uma pergunta, Cabo. Você viu o assassino do soldado Denis?

— Não, senhor.

— Mas verificou as portas?

— Sim, senhor. Elas estavam trancadas.

— *Legio Patria Nostra.*

O Cabo o encarou e fez um aceno afirmativo.

— Era tudo o que eu precisava saber. Sargento, solte este homem.

— Tem certeza, Sir? O Tenente Baratut não vai gostar.

— Eu me entendo com o Tenente. Liberte-o, estou pedindo. Vamos até o rancho.

— Por quê?

Mas Persa não respondeu, deliciado consigo mesmo. Seria esta a sensação que Le Chevalier tinha quando encerrava um caso? Perguntaria a ele quando voltasse. Era uma coisa muito boa, de fato. Sem dúvida, uma sensação muito boa — pensou, acariciando o seu mico com um gesto carinhoso.

O estranho trio alcançou o rancho, que estava sendo selado por uma equipe de soldados munida de tábuas e uma coleção de pregos grandes e compridos.

— *Monsieur* Fayruz, preciso trocar uma palavrinha consigo! E rápido, que a tempestade não tarda!

— Ora, então fale! — respondeu o cozinheiro, encarando a parede.

Persa trincou os dentes e fez Fayruz girar nos calcanhares até que ficasse frente a frente com ele.

— Quero o menu servido no dia do assassinato do soldado Denis.

— Na data do assassinato?

— Sim, estrupício! O menu dos oficiais!

O cozinheiro o encarou como se estivesse pensando em cozinhá-lo junto com o ensopado, mas a presença do Sargento provavelmente o demoveu da ideia. Com cara de poucos amigos, ele pegou uma grande caderneta.

— Espere um pouco — resmungou, passando as folhas. — Vou colocar os óculos.

— Acho melhor uma lupa — sugeriu Persa.

— Para quê uma lupa? O detetive aqui não é você? E eu só não vejo bem com um dos olhos!

Persa cuspiu de volta:

— Um dos olhos, mandrião?! Pois escute aqui, meu caro Um-dos-olhos! Qual foi o repasto degenerado e enjoativo que você serviu naquele dia?

— Ora, seu canastrão!

— Desgraçado!

— Legionário de Araque!

— Cozinheiro das Arábias!

— Senhores, *please*![26] — pediu o Sargento, olhando preocupado para a tempestade que já estava quase sobre eles. — Foi um dia especial, lembra-se, Fayruz? Era a visita do General Deschamps, que estava em viagem de inspeção.

— Ah, sim, lembro-me bem — disse o cozinheiro, com uma expressão de triunfo. — Assim como me lembro de todos os elogios que a minha comida recebeu naquela noite.

---

26 Por favor!

— Há gostos para tudo, hoje em dia.

— O menu, *please*, Fayruz? — interrompeu o Sargento, antes que os dois descambassem novamente para a troca de acusações.

O cozinheiro, mesmo de má vontade, encontrou a data em sua agenda e a passou para os dois.

— Ah, eu sabia!

— Sabia o quê?

— Vamos para a Torre, Sargento. Traga o Cabo com você.

— O que vamos fazer lá?

— Prender um assassino!

O vento açoitava com uma força avassaladora. Os soldados recolhiam-se às casernas e o serviço de guarda foi suspenso até a segunda ordem. Quando a tempestade finalmente chegasse, a região seria lavada pelos grãos sufocantes de toneladas de areia.

Eles alcançaram a Torre, tossindo e arfando.

— Pelas areias sagradas da Tunísia! Confesso que nunca tive saudade desta particular condição climática das minhas terras!

— É bem ruim, *is not?*[27] Nunca enfrentei uma em minhas patrulhas. Deve ser uma experiência única.

— Única é o termo, Sargento! Este vento é capaz de corroer cada grama de carne de seus ossos! É o vento assassino do deserto! Fique longe dele, está me ouvindo?

— *Yes, Sir*! — respondeu ele, batendo uma continência com um sorriso lampeiro nos lábios.

---

27 Não é?

— Agora, aos negócios. Vamos até o Capitão.

O Sargento bateu à porta e, logo, os três homens foram conduzidos até o interior.

— O que este homem faz aqui? — berrou o Tenente Baratut, cuja cólera parecia ter alcançado um novo patamar. — Ele é um criminoso! O que significa isso, Sargento?

— Foi ideia do agente Persa, Sir! Foram ordens dele.

— Ordens dele? — vociferou o Tenente, com o dedo em punho para o suboficial. — O único que dá ordens aqui sou eu e o Capitão! Está esquecendo o seu lugar, Sargento! Será desligado do Batalhão, estou lhe avisando!

— Tenente! Creio que o agente não teria feito tal coisa sem uma razão muito forte.

— Uma razão forte, Capitão? Ora essa! Não me espanto em ver este Batalhão do jeito que está! Um bando de larápios e assassinos conduzidos de forma frouxa!

— Tenente! — disse o Capitão, em tom de aviso.

— Não, chega de mais delongas, Capitão! Esta situação chegou ao ápice do absurdo! Assassinatos! Cobras! Insubordinação! Este Batalhão é ridículo, como eu já vinha avisando há muito tempo! Está na hora de encarcerarmos estes homens, como já deveríamos ter feito há anos, e fechar as operações.

— A única coisa que vai ser fechada aqui é a sua boca, seu mentecapto!

— Legionário!

O Cap. Lelievre estava furioso com o comportamento inadequado do seu braço direito, mas nem por isso ele aceitaria uma insubordinação tão grande em seu próprio escritório.

— Com o devido respeito, Capitão, eu vim até aqui para mostrar o meu relatório. E estas são as minhas provas!

E, com um gesto teatral, derrubou as três sementes de tâmaras em cima da mesa do Capitão, assim como os papeis garruchados pelo cozinheiro.

— O que significa isso?

— As tâmaras, Capitão. As sementes de tâmaras.

— O que tem elas? Há milhares de sementes de tâmaras por todo o quartel — desdenhou o Tenente.

— Sim, tâmaras são comuns por aqui. A espécie mais comum na minha bela terra natal é a kenta. Mas esta é a amer haji, uma espécie completamente diversa, que só cresce no Iraque. Veja, ela é mais espessa e macia que as tamareiras comuns — disse Persa, jogando um punhado de sementes que ele havia apanhado na cozinha.

— E?

— A amer haji é conhecida como delícia do visitante, pois é uma iguaria tão rara que é servida somente para os amigos que nos visitam.

— Ainda não percebo aonde quer chegar, legionário.

— Como um soldado como Denis ou o Cabo Açougueiro estariam de posse de tais sementes? Isso não fazia nenhum sentido. Então, fui conversar com o cozinheiro Fayruz, um muçulmano bom de briga e de boa estirpe, mas um tanto cego. Conforme ele relatou em seu diário, ele tinha um pouco de tâmaras amer haji que ele estava guardando para uma ocasião especial. Uma ocasião como a visita de um general.

— O General Deschamps.

— Que esteve aqui naquela noite em visita de inspeção. O jantar foi servido para três pessoas: o próprio general, o senhor, *capitaine* e o...

— Tenente Baratut!

Apesar do grito de aviso do Capitão, o seu oficial já escapulira, escorregando para fora do escritório com a agilidade de um soldado aquartelado.

— Atrás dele!

Os quatro homens saíram porta a fora, liderados pelo Cap. Lelievre. Lá fora, o vento inclemente tornava difícil enxergar mais do que alguns metros.

— Tenente Baratut! — gritou ele mais uma vez, mas somente o vento foi a sua resposta.

De repente, o som de uma pesada corrente raspando surgiu como um eco da tempestade.

— O portão! Ele está fugindo!

Eles saltaram para o muro e galgaram as escadas, pulando de dois em dois degraus até alcançar as ameias. O Cap. Lelievre tomou a espingarda do Sargento e a entregou para o Açougueiro.

— Impeça-o!

O Cabo tirou a areia dos olhos, apoiou a espingarda na amurada e fez a mira. O vento açoitava como um chicote e, a cada segundo, a figura trêmula do Tenente desaparecia no rodilhão de areia e sujeira.

— Atire, homem! Atire!

— Mais um pouco... só mais um pouco...

BAM!

O disparo espocou... mas o vulto não parou, desaparecendo no meio do deserto.

— Você errou — disse o Cap. Lelievre, exercitando um talento não percebido para estabelecer o óbvio.

— Precisamos entrar, Sir! — gritou o Sargento. — A tempestade está em cima de nós!

O Capitão concordou com um aceno e, logo, os quatro homens retornaram para dentro da Torre. Estavam cobertos de areia, sujos e ofegantes, mas pelo menos estavam vivos.

— Como... como você descobriu? — perguntou o Capitão, depois de recuperar o fôlego e molhar a garganta com uma xícara de chá forte.

— As tâmaras indicavam alguém de fora — resmungou Persa, limpando cuidadosamente o mico-drozde com um pano limpo. — E quando entrevistei o Açougueiro, percebi que ele era um legionário de corpo e alma.

— *Legio Patria Nostra* — resmungou o Cabo.

— A Legião é a Nossa Pátria — traduziu o Capitão.

— Sim, o lema dos legionários. A Legião Estrangeira, que aceita a todos, independentemente de sua origem ou condição. Ela pode nos levar a morte, por certo, mas é uma fraternidade antes de tudo — disse Persa, virando-se para o Cabo. — Você sabia que as portas estavam trancadas. E, assim como todos, imaginou que o assassino só poderia ser alguém do seu próprio corpo de combate. Desta forma, para proteger os soldados sob seu comando, preferiu arriscar a própria pele. Afinal, já havia várias condenações contra si.

O Açougueiro concordou apenas com um acenar da cabeça.

— Então, era isso o que eu sabia — continuou Persa. — Sabia que as tâmaras não provinham dos soldados — como eles conseguiriam aquelas sementes? — e sabia que o Cabo era capaz de se sacrificar para proteger um dos seus colegas. Então, fiz uma longa pesquisa nos arquivos do Batalhão e descobri algo curioso.

Persa engoliu uma dose do conhaque de uma só vez antes de continuar:

— O Tenente Baratut mantinha a disciplina de forma extremamente rígida. Fui testemunha dos seus atos. Ele era um bastardo cruel, com o perdão da palavra.

— A definição me parece exata — concordou o Capitão.

— Havia punições severas para qualquer transgressão mínima. No entanto, o soldado Denis fora inocentado de uma grave acusação de abandono de posto que levou à morte dois soldados. Isso me parecia muito estranho.

Depois de outro gole, continuou:

— Pesquisando a escala do batalhão, descobri que o soldado Denis ficara duas semanas encarregado dos arquivos. Depois disso, sua escala se tornara extremamente facilitada. Nada de serviços pesados no campo ou trabalhos físicos. Na verdade, ele passava mais tempo de folga do que qualquer outra coisa. E as escalas eram assinadas pelo Tenente Baratut.

— Chantagem, Sir?

— É o que eu imagino, Sargento, apesar de não ter ideia do que o soldado Denis pudesse ter descoberto contra o Tenente Baratut.

— Ele também estava cumprindo pena.

A voz do Capitão saíra fraca, mas caiu no escritório com um trovão. Ele abandonou o chá e acompanhou Persa com um generoso gole de conhaque antes de continuar:

— Ninguém sabia disso, era claro. Os oficiais e suboficiais do Batalhão de Infantaria Ligeira são todos voluntários, mas o Tenente

Baratut foi enviado compulsoriamente. Ele tomou algumas decisões erradas durante a campanha do Marrocos. Decisões que um homem são não tomaria.

— Bebida?

— Ópio.

— Maldito hipócrita — rosnou Persa.

O Capitão fez um aceno cansado e Persa continuou.

— Quando descobri a possível chantagem, resolvi fazer um pequeno experimento.

— O fogo na caserna? — arriscou o Sargento.

— Ah, sim, Sargento. Bravo!

— Foi muito estranho, Sir. *Very strange*.

— Sim, mas era necessário.

— Por quê? — perguntou o Capitão.

— Porque o Sargento me disse que apenas os camareiros tinham as chaves das rouparias, mas eu não conheço um só quartel do deserto onde o responsável da segurança não possua a chave mestra. Com a ajuda de um ... ajudante, montamos a ratoeira. O fogo seria iniciado assim que eu visse o Tenente se aproximando. O meu comparsa colocou fogo em alguns papeis e saiu pela porta da frente, tomando o cuidado de emperrá-la. Quando o Tenente se aproximou, inventei a história de ter ouvido as vozes e ele abriu as portas.

— Esta era a última peça do quebra-cabeça. Corri até o Açougueiro e descobri que ele não tinha visto o assassino, logo, ele não estava protegendo ninguém do próprio agrupamento de combate. Então, fui até o rancho e, depois de uma pequena troca de palavras, consegui a prova final.

— E quanto a cobra, Sir?

Persa estremeceu por um momento.

— Nunca saberemos, Sargento, mas acredito que tenha sido obra do Tenente. Afinal, ele odiava o Batalhão mais do que a própria vida. Uma segunda morte suspeita poderia dissolver a infantaria e ele voltaria para o exército regular.

— Uma história incrível... e uma performance notável, agente. Tenho muito o que lhe agradecer — cumprimentou o Capitão, agitando o grosso braço de Persa.

— É para isso que existe o Bureau, Capitão — disse, com um sorriso largo nas faces.

— Vamos celebrar, Sargento! Tenho taças aqui em algum lugar...

Enquanto os dois homens preparavam os aperitivos, Persa se aproximou do Açougueiro.

— Cá entre nós, Cabo, o Sargento me disse que você é o melhor atirador do Batalhão. Mas você errou...

O Açougueiro aceitou um dos charutos do Persa e ficou examinando a chama do palito de fósforos antes de responder.

— Seria muito fácil, senhor. O deserto já secou mais sangue do que pode imaginar. Eu conheço tempestades de areia e conheço homens como o Tenente Baratut. Um tiro no coração seria uma punição leve para um crápula como ele.

— Você me assusta, *mon ami*.

— Somos legionários, agente Persa. Nosso dever é assustar os outros.

Persa sorriu.

A tempestade durou mais dois dias, o que foi o suficiente para esgotar os cigarros do Capitão, os charutos de Persa e o estoque de bebidas dos oficiais. Ainda foram necessários mais três dias para que os aspiradores retirassem o excesso de areia do forte e os camelos fossem reequipados para a longa viagem de volta. Persa se despediu do Capitão Lelievre, que lhe enviou de volta com os melhores votos, e reencontrou o Sargento no portão de entrada.

— Já vai indo, Sir?

— Sim, os mehéristas me esperam. Três dias de marcha forçada pelo deserto. Ah, como eu sofro!

— Espero que faça uma boa viagem, Sir.

— Eu também, Sargento. E espero que aprecie sua estada aqui.

— Ah, sim. Eu tiro prazer do deserto. Alguns me chamam de Sargento da Tunísia.

— Um bom nome, de fato — disse Persa, com orgulho.

O Sargento suspirou com um ar triste.

— Mas meu tempo na Legião vai expirar em alguns meses. Tenciono voltar, é claro. Vou me alistar no exército britânico — disse, pensando alto. — Acho que gostaria de visitar a Arábia.

— Arábia, hein? — repetiu Persa, um pouco decepcionado. — Bem, como disse, há gostos para tudo, Sargento... Hã... Ora, raios!, nunca perguntei seu nome. Como se chama, *mon ami*?

— Lawrence.

— Poucos homens têm um destino, Sargento. Se acredita que o seu é o deserto, então siga-o. Até a vista, Lawrence que irá para a Arábia!

— Até a vista, Sir.

Os camelos se afastaram, os mehéristas conduzindo o rechonchudo e orgulhoso Persa de volta ao seu confortável apartamento em Paris, onde ele tencionava passar vários dias contando detalhadamente as suas aventuras para Le Chevalier.

www.avec.editora.com.br

Este livro foi composto em fontes Tribute OT e Operetta,

e impresso em papel pólen soft 80g/m².